異世界で『黒の癒《いや》し手』って呼ばれています５

リィーン・カンザック
（神崎《かんざき》美鈴《みすず》）
23歳のゲームオタクな女子大生。
『ガイアの娘』『黒の癒《いや》し手』と
呼ばれている。魔王の婚約者と
言える立場になったが、
初めての恋愛に戸惑い気味。
ノーチェ
37代目の魔王、紫魂王《しこんおう》。
リィーンに名前を与えられ、
破滅の運命から救われた。
彼女に深い愛情を抱いており、
リィーンのためならば
手段を選ばない。
主な
登場人物

青騎士団の騎士達
シアン
第二師団
副師団長。
リィーンの
お母さん的
存在
（注：男性）。
ヴァン
第二師団
師団長。
リィーンの
お兄さん的
存在。
ヴィオラ
ノーチェの先代の魔王・
琥珀王の末娘。
リィーンの護衛を務めるが、
何やら思うところが
あるようで……？
レオン王子
ファンテスマ王国
第二王子。
『黄金の戦神《いくさがみ》』の
称号を持つ。
リリアム
『ガイアの息子』であり
『光の癒し手』。リィーンに
救われ、現在は
王都で過ごしている。
ノエル
翼犬《よくけん》という魔族で、
リィーンの眷属《けんぞく》。
忠誠心が高く、主である
リィーンが大好き。
クモン
リィーンの弟的存在。
冒険者で、双剣の使い手
でもある。

第一章　フラジェリッヒ

私、神崎《かんざき》美鈴《みすず》は、日本で平和に暮らしていたゲームオタクな女子大生だ。それがある日突然、黒い霧の中から出てきた『腕』に引っ張りこまれ、異世界トリップしてしまった。

この世界では真名《まな》――本名のことね――を知られたら、魔法をかけられたり、支配されたりする危険がある。だから私はこちらではリィーン・カンザックと名乗っている。

幸運なことに、こちらの世界での私のスペックはかなり優秀。ここの言語は問題なく理解できるし、ゲームのように魔法が使えるし、アイテムボックスまである。その上、人やもののステイタスも見れちゃう。

おまけに私は回復魔法が使える。まあ、ゲームでは『ヒール』は基本だもんね。

でもこの世界――ガイアの箱庭では、回復魔法の遣い手――『癒《いや》し手』は数が少なくて貴重なのだ。しかも私の回復魔法は強力で、ステイタスには『黒の癒し手』なんて厨二《ちゅうに》な称号までついている。

そのおかげで私は、ファンテスマ王国第二王子、レオンハルト殿下の庇護《ひご》を受けて癒し手として働くことができた。

これまで、ほんとにいろいろ危ない目に遭いつつも、それなりにこの世界に溶け込んで生活しながら、日本に帰る方法を探していた。そんな中、私がお世話になっているレオン殿下の国、ファンテスマが、隣国ギューゼルバーンと停戦協定を締結した。そのため、レオン殿下や青騎士達が王都へ凱旋《がいせん》するのにあわせて私も王都へ向かったのだ――


コルテアの街から王都へ拠点を移してひと月あまり。

私は今、映画やテレビで見るベルサイユ宮殿のような、広くて豪華なホールにいる。

魔道具のシャンデリアが照らす会場には、煌《きら》びやかな装いの貴族達が集まっていた。

私もシャンパンゴールドのドレスに身を包み、高く結い上げた黒髪には薔薇《ばら》の花を模《も》した髪飾りを着けている。まるでロココなお姫様になった気分だ。

「ご尊顔を拝し、恭悦至極《きょうえつしごく》に存じます。ヴァルナ・リィーン」

着飾った貴族が、うやうやしい態度で挨拶を述べる。

この〝ヴァルナ・リィーン〟ってのは、私の新しい称号。

直訳すれば〝私達のリィーン〟という意味だ。それを考えると、気恥ずかしくて呼ばれるたびに身体がもぞもぞしてしまう。でも、それがステイタスに表示された私の称号なのだから仕方がない。

皆、公式の場で私に呼びかける時はこれを使うしね。

この手のやり取りにもずいぶん慣れた。自然な微笑みを浮かべて挨拶を返すのも、もうお手のもの。

王都に到着した翌日に男爵位を賜《たまわ》り、私は晴れて貴族の仲間入りを果たした。それから生活基盤を整えるため、もろもろの手続きなどに忙殺される日々を過ごしてきた。

そうして今日王城で、ファンテスマの女男爵となった私のお披露目《ひろめ》を目的とした式典とパーティが開かれる運びになったのだ。

だって私こと『黒の癒《いや》し手』は『ガイアの申し子』かつ、『魔王の半身候補』なのだから。

うん。改めて列挙すると、私の肩書の物々しさに乾いた笑いが出そうになる。

『ガイアの申し子』っていうのは、この世界唯一の神様『ガイア』が特別に力を与えたヒューマン――人間――のこと。彼らは魔力がすごく高いらしい。しかも、もしその人達が迫害されたら、ガイア神が怒って「大地が揺れる」んだって。

だから『ガイアの申し子』は人々に大切にされている。ちなみに女性なら『ガイアの娘』、男性なら『ガイアの息子』ね。

私も魔力がすごく高いせいで『ガイアの娘』だと思われている。本当は違うんだけど。

私の魔力が高いのは『ガイアの娘』だからじゃなくて、異世界人なのが理由だと思うものの、それは王家とほんの一握りの人達だけの秘密。私は『ガイアの娘』としてファンテスマ王家に守ってもらっている。

『ガイアの息子』リリアムを閉じ込めて癒しの術を独占しようと画策していた大神官は、私のことも『言《こと》の葉《は》』で縛ろうとしたため捕えられ、更迭《こうてつ》された。

この一件から、王都でも癒しの術は神殿から切り離され、今後は診療所で行うこととなった。

その動きは、徐々にファンテスマ王国全土に広がりつつある。

だからこそ、その立役者である私『黒の癒《いや》し手』が『ガイアの娘』ではないなんて、絶対知られるわけにはいかないのだ。私が『ガイアの娘』ではないと知られれば、ガイアを信じる人々から反発されることになる。それはレオン殿下の――王家の考えでもあった。なので、嘘をついて申し訳ないと思いつつも、『ガイアの娘』で通している。

『魔王の半身候補』についても、もう有名な話だ。

魔王ノーチェが私のカレシになる少し前、私は隣国ギューゼルバーンに誘拐された。後からそれを知ったノーチェはギューゼルバーン王都に報復の攻撃をしかけ、王城を壊滅《かいめつ》させたのだ。

その後、魔界からヒューマン各国に通達が行われた。〝『黒の癒し手』はいずれ紫魂《しこん》王の半身となる御方ゆえ、『黒の癒し手』に干渉する者は魔界が許さぬ〟と。

だから私がノーチェの……魔王様の半身候補であるという事実は、このガイアの箱庭中に広まっている。

そして、魔王の半身候補となった私が平民のままでは扱いに困るので、ファンテスマ王家が社会的地位として女男爵位を授けてくれたのだ。

このお披露目《ひろめ》は、「新しい女男爵『黒の癒し手』をよろしくね」という意味合いよりは、「新しい女男爵『黒の癒し手』は魔王の半身候補だから、絶対に危害を加えるなよ」というファンテスマ王家からの警告の意味が強い。

もちろん、魔界からの警告も――

「あの……マノウヴァさんもガーヴさんも。ずっと私の傍についていていいんですか？」

私は後ろを振り返り、先ほどから周囲を威圧している二人に声をかけた。

「当然」

八公《はちこう》第五位、虎人族《こじんぞく》ガーヴさんの返事はいつも簡潔だ。

「貴女《あなた》は我が主《あるじ》の半身候補。お傍を離れるなどできませぬ」

第二位エルフ族のマノウヴァさんも、厳《おごそ》かに頷く。

彼らは今日のお披露目の間、こうやって後ろに控え、ヒューマン達が私に危害を加えないよう目を光らせていた。さらにその後ろには、私の大親友、翼犬《よくけん》のノエルも座っている。

二人は八公と呼ばれる魔族の重鎮《じゅうちん》だ。

この世界は魔界が中心にあり、その周りをヒューマンの国が取り囲んでいる。魔界には魔城を囲むように八公の城が等間隔に並んでいて、ヒューマンとの折衝は、各方角を守る八公がそれぞれ執《と》り行う。

ファンテスマ王都のある西は、第二位マノウヴァさんの管轄だから、この地で魔界の代表といえばマノウヴァさん。

ガーヴさんの管轄はコルテアのある南西方面のため、王都に彼が来ることは珍しい。けれど、彼には私がコルテアにいる時からお世話になっていた。その縁で、今も私の担当をしてくれている。それで彼も、今日ここに参加しているってわけ。

「今日は王都の貴族達との顔合わせだけですから、そこまで心配していただかなくても……」

私がそう言うと、マノウヴァさんが首を横に振る。

「こういうことは初めが肝心なのです。今日我々が……八公が二人も貴女の後ろについていることで、魔界がどれほど貴女を大切に考えているか、ヒューマン達にもよくわかりましょう。陛下がお越しになれないのですから、この程度は当然かと」

本当は、今日のお披露目《ひろめ》にノーチェもついてきたかったらしい。

でもね。ノーチェは魔王様で、この世界の頂点なのだ。ヒューマンの国のパーティに、そう簡単に魔王が出てくるわけにはいかない。だから、代わりによく見張るようにと、ガーヴさんとマノウヴァさんはノーチェから言われたんだって。

結果、貴族達を怯《おび》えさせてしまっているのだけれど……

私は、如才なく挨拶をしては後ろの二人を見てびくびくと下がっていく貴族達に、内心でため息をついた。


挨拶が一通り終わると、人々がぞろぞろと移動してホールの中央が広く空《あ》けられる。

そこに、金髪の美丈夫《びじょうふ》が嫋《たお》やかな美女を伴って現れた。ファンテスマ国王と王妃だ。

二人が中央に進み出て、互いに向き合う。見つめ合ったタイミングで、楽団がワルツっぽい曲を奏で始めた。

二人が軽やかに踊る。シャンデリアの光に照らされ、身に纏《まと》う宝石や金糸銀糸の刺繍《ししゅう》がきらきらと輝いていた。うん、まるで宮廷絵巻だ。リアルベルサイユだ。

私からすれば、たくさんの人達に見守られる中、一組だけで踊るのはかなり勇気がいる行為だと思う。だけど、小さい頃から視線を集め続けるだろう王家の人達には、なんてことはないのかもしれない。

本来ならこういうパーティの場合、主賓《しゅひん》である私が最初にダンスを踊るらしい。でも、それはあらかじめ魔界からＮＧが出ている。

いわく、魔王の半身候補に魔王以外の男性は触れるべからず、だそうで。

私としても、やったこともない社交ダンスを人前で踊れって言われなくてほっとしている。

最初に主催者である国王夫妻のダンスがあり、その後は私にはわからない複雑な序列に従って、複数の男女が踊ることになるらしい。

やがて、ため息が出るほど美しい国王夫妻のダンスが終わり、十数組の煌《きら》びやかなカップル達が中央に進み出てくる。

綺麗な等間隔を保ち、緩やかな円の形に並んだ彼らは、流れるようにワルツの曲に合わせて踊り出す。

二人だけの踊りも素敵だったけど、こうやってたくさんの人達がくるくると移動しながら踊る姿も、かっこいい。まるで映画のワンシーンみたい。

踊りに加わらない者達は思い思いの場所に集まり、楽しげに話をしたり料理をつまんだりと、大広間には和《なご》やかな空気が流れる。

挨拶も終わったし、これで一応のお務めは終わったかな。

私は目の前で繰り広げられる宮廷絵巻を特等席で眺めつつ、ほっと一息ついた。

と、その時――

「リィーン！」

私の名前を叫んだ少年が、飛び跳ねるような足取りで近付いてきた。銀色と見まごう金髪が軽やかに揺れる。『ガイアの息子』リリアムだ。

その小公子みたいな姿からは、彼が齢《よわい》二〇〇歳越えだとは到底思えない。

「リリアム。挨拶終わったのね。お疲れ様」

リリアムの後ろから付いてくるのは、新しく彼の家令となったバウマンさんと、護衛の青騎士達。向こうもつつがなく今日のお務めが終わったようで、バウマンさんもほっと一安心といった風情《ふぜい》だった。

「あ、そうだ。叙爵《じょしゃく》、おめでとうございます、ザムリィクス男爵」

「ありがとう、カンザック男爵」

そう澄《す》まして挨拶して、私とリリアムは同時に笑う。

ザムリィクス男爵。これがリリアムの新しい名字だ。

平民出身であるリリアムには、本来家名がない。

『ガイアの申し子』として神殿に入った時から二〇〇年以上、彼は『リリアム・メネ・ガイア』と名乗っていた。

この『メネ・ガイア』は、神官達や神殿で働く者達全員が名乗るもの。『ガイアの使徒である』

というような意味らしい。

神殿では、もとが貴族だろうと平民だろうと、この名を名乗る決まりだそうだ。おそらく、神殿内の序列や扱いに影響を出さないための仕来《しきた》りなのだと思う。

神殿を出たリリアムは〝ただの〟リリアムに戻ったのだけど、今までの癒し手としての功績を認められ、今日、国王陛下から爵位を賜《たまわ》ることになった。

同じ『ガイアの申し子』だから扱いは私と同様に一代限りの男爵で、領地の代わりに年金が支払われる。癒し手として働くことが主な職務。

それで、貴族になるにあたり、家名が必要になったってわけ。

新しく家を興《おこ》すリリアムに、国王陛下が考えてくださった家名が、こちらの言葉で『日光の輝き』を意味する『ザムリィクス』だ。

リリアムは『光の癒し手』だものね。彼らしい家名だと思う。

うんと小さな頃から、二〇〇年以上の時を神殿で暮らしていたリリアムは、神官達によって神殿から出ることを禁じられ、考え方を矯正《きょうせい》されていた。そのため、癒しを施《ほどこ》すことしか知らない。

神殿から解放された今は、私の屋敷で一緒に住み、社会に出るためのリハビリを続けている。

おかげで最近は、ずいぶん人らしい考え方ができるようになってきた……少しずつ、ね。

まるで幼児退行でもしているのかと思うくらい不安定だった精神も、このところやや落ち着いてきた。

人と触れ合い、身内以外とも自然に会話できるようになったリリアムを見ると、成長したなと母親みたいな気分になってしまう。

大神官の『言《こと》の葉《は》』でおかしくなっていた頃は、大神官以外の者と会話すらできなかったそうなのだから、『隷属《れいぞく》契約解除』のスキルをくれたガイアに感謝だ。

自由になれて本当によかった。

ガイア……私、ちゃんと約束守ったからね。

「もう、聞いてる？　リィーン」

つい考え込んでいた私は、拗《す》ねたようなリリアムの声に我に返る。ごめんごめん。ちょっとお母さん、貴方の成長に感慨深くてさ。

リリアムに微笑みかけてそんな冗談を言おうとした、その時――

「『光の癒《いや》し手』様」

ふいに後ろから呼びかけられた声に、二人して振り向いた。そこには、騎士を伴った侍従らしき男性が深刻な表情で立っている。

「なに？」

私との会話を中断させられたリリアムは、少し不機嫌そうに口を開いた。

「ご歓談中、誠に申し訳ありません。火急のことゆえ取次もなくご無礼いたします。『光の癒し手』様に癒しをお願いいたしたく参上仕《つかまつ》りました」

侍従がそう言って頭を下げる。

治療という話に、リリアムは不機嫌な態度を改めた。すぐに癒し手の顔になるあたり、リリアムもさすがだ。だてに二〇〇年以上も癒し手をしていたわけじゃない。

「ファムディヒト宮?」

リリアムは侍従の制服に視線を落とすと、そう尋ねる。

ファムディヒト宮とは、王太子の後宮のことだそうだ。王太子妃や側室、その子供達が住むための宮なんだって。

侍従や侍女の着ている制服は、所属によってデザインが変わるらしい。リリアムはずっと王家の治療をしていたから、彼の制服にも見覚えがあって当然か。

ファムディヒト宮ということは、今日癒しが必要なのは、王太子の家族の誰かってことかな。

一刻も早く治療してほしいらしく、「詳しくはあちらで」と侍従がリリアムを促《うなが》す。

時間が惜しいという理由もあるけど、こんな公《おおやけ》の場で、王家の者の病《やまい》について不用意に話すわけにはいかないからだろう。

今日は招待客も多い。誰が聞いているかもわからないんだから、当然だよね。

リリアムが頷く。侍従は私に視線を向けて「『黒の癒し手』様はいかがなさいますか?」と聞いてきた。

実は、私が王都に住むことになった当初、神殿対策の必要もあって「今後は、王家の治療を『黒の癒し手』に」という話も出ていた。

でも、神殿からリリアムが解放されたことで話は振り出しに戻ったのだ。

だって、リリアムは今まで何の過失もなく、王家の癒し手を二〇〇年以上に亘《わた》って務めてきた。

それなのに、実績のある彼を差し置いて私にその役目が与えられたら、リリアムの立場がなくなってしまう。

だから、王家の病気には今まで同様、リリアムが対応することになっている。

とはいえ、王家としては私の癒《いや》しの術にも期待しているようで、メインはリリアム、私がサブという立ち位置を考えているみたいだ。

なので、「リリアムの治療を私も見てみたい」と頼むとあっさり希望がかない、私も同席させてもらえることになった。

やった！　本物の『ガイアの申し子』の癒しの術を、一度は見てみたいと思ってたんだよね。

それに、ここでの今日の私のお仕事はもう終わったし、どうせそろそろ帰るつもりだったのだ。

マノウヴァさんとガーヴさんに事情を説明して今日のお礼を言ってから、私達は慌ただしく部屋を出た。

王太子の家族という、大切な存在の治療に同席できる。それだけ『黒の癒し手』の癒しの術を信頼してもらえているのだと思うと嬉しい。

治療はリリアムに任せるけど、何かお手伝いできることがあれば、私もちゃんとしなきゃ。そう考えながら侍従の案内に従い、診察のために用意された部屋へ向かう。

私は、先導する侍従がノエルの方を振り返って何やら言いたげにしている姿を見て、内心ため息をついた。

ノエルは私の眷属《けんぞく》で、翼犬《よくけん》という種族の魔族だ。

見た目もその名の通り〝翼のある犬〟という感じなんだけど、サイズは象ほどもある。体高は二メートル以上。鼻先からお尻までは四メートルくらいの長さで、漆黒《しっこく》の大きな翼を持っている。ふさふさの大きなしっぽが可愛い。

『黒の癒し手』を助けるため、ガイア神が遣わした『ガイアの御遣《みつか》い』という設定のノエルは、人々に御遣い様と呼ばれ、『黒の御遣い』なんて称号まで持っている。

神の遣いとして敬《うやま》われてはいるけれど、治療の場にノエルがいることについて恐れる人は多い。なんせ翼犬は巨大な魔族だから。

力も魔力も、ヒューマンなどあっという間に殺してしまえるほど強い。

侍従にしても護衛達にしても、王家の方々の身に何かあればその責を取らされる立場なのだ。たとえそれがガイアの御遣いであっても、安心はできないのだろう。

まあ、気持ちはわかるよ。

だってさ。この人は絶対危害を加えないから大丈夫だよ、と言われても、マシンガンを構えている人の横で安心なんてできないよね。それと一緒。

でも、ノエルがいつも私の傍にいることが、私を狙う人達への抑止力となっているのだ。ノエルに影に入ってもらうわけにはいかない。

彼らの不安を少しでも取り除くため、私は口を開いた。

「ノエルはとても賢くて、ヒューマンの会話をすべて理解できています。私が危害を加えられない限り、いきなり暴れたりはしません」

「御遣《みつか》い様が暴れるなど、めっそうもございません」

侍従は焦ったように言い募《つの》る。

そして、「失礼いたしました」ともう一度頭を下げると前を向き、案内に徹した。

ファムディヒト宮にまで行くのかと思えば、そうじゃないらしい。治療のために別室が用意されているのだとか。といっても、かなり奥まった棟まで行くようだ。

騎士や侍従の手を借りていくつもの結界を抜け、地下に潜《もぐ》ったり妙に見晴らしのいい回廊を通ったりと、複雑な道を進む。

そうして通された部屋で、やっと詳細を聞かせてもらった。

「熱ですか？」

「はい、今朝は少しぐずる程度だったのですが、昼頃より発熱がひどくなられ、たいそうお泣きになりまして」

王太子のお姫様が熱を出したらしい。まだたった二歳の幼児なのだそうだ。

私は、王太子の吸血鬼っぽい青白いイケメン顔を思い出しながら話を聞いていた。レオン殿下のお兄さん、『銀の宝刀《ほうとう》』も子供には「パパでちゅよ」とか言ったり……しなさそうだ。

子供はよく熱を出すと従姉妹《いとこ》のお姉ちゃんが言ってた。小さな身体に高熱は辛いだろう。

侍従はある程度の説明を済ませると、深々と頭を下げた。

「まだまだ幼き姫でございます。泣いたり大声を上げたりする可能性もございますが、なにとぞご寛恕《かんじょ》くださいませ」

それはリリアムにではなく、私にかけられた言葉だ。

『魔王の半身候補』という立場がそうさせるのだと苦笑しつつ、私は「小さな子供なのですから問題ありません」と答える。

やがて――

たくさんの侍従と侍女、護衛達に囲まれた女性が部屋に入ってきた。その女性の腕の中に、姫らしき幼児が抱かれている。とすると、この女性は乳母《うば》かな。

乳母に抱かれ、ぐったりとした姫の姿は痛々しい。

もう泣く体力もないのか、乳母の胸にもたれかかり、時折痙攣《けいれん》するかのようにしゃくり上げるだけで、周りを見る気力もない様子だ。

片手は乳母の胸辺りの布を掴み、もう片方の手は犬のぬいぐるみをしっかりと抱きしめている。

わあ、こちらにきて初めて見た。ぬいぐるみ。

ぬいぐるみといっても、アンティークもののテディベアみたいな、いかにも高級感あふれるものだった。見る限りでは本物の毛皮っぽい質感。

幼児が持つには重たそうなのに、しっかりとその手を離さないのは、相当このぬいぐるみが好きなんだろう。もしかして、犬が好きなのかもしれない。

観察する私をよそに、乳母がリリアムに姫の病状を説明している。

うん、ちゃんと診察を見なきゃね。

私は興味本位の観察をやめ、癒《いや》し手の目で姫を見た。

そして、自分ならどう治療するかを考える。

子供特有の病気とかもあるよね。どうしよう？

幼児の治療は経験がない。従姉妹《いとこ》の赤ちゃんにもそう頻繁《ひんぱん》に会っていたわけではないから、乳幼児については、ほとんど知らないと言っていい。

いつか私も幼児の治療をすることがあるかもしれない。ちゃんと勉強しなきゃ。

ええっと。

熱があるからと言って、単純に熱を下げるだけじゃだめだよね？　でも、こんなに苦しそうなんだから、まずは熱冷ましで、その次に熱の原因となる病気を治すって感じかな？

こんな時にも、リリアムなら『治れ』の一言なんだろうけど、私はそうはいかない。ちゃんと一つずつ状況を見極めないと。

とはいえ、私には日本で得た雑多な知識がある。それは断片的な一般常識程度のものだけれど、それだけでも、この世界の人にはないアドバンテージだ。

発熱は体温を上げることで病原体の増殖を防ぎ、身体を守ろうとする防御反応だと、日本で育った私は知っている。

熱が高いからといって熱を下げるだけでは、何の解決にもならないってことね。

今までの患者は大人だった——子供もいたけど、ちゃんと話のできる年齢だった——だから、自分の身体の具合について、しっかり説明できた。

自分で話せないほどの幼児は初めてだ。

とりあえず乳母《うば》に、水分はちゃんと取らせているかとか、嘔吐《おうと》や下痢《げり》はあるかなどについて質問する。

嘔吐や下痢の症状はないそうだ。また時折汗を拭いたり着替えさせたりして、湯冷ましを飲ませて安静にしていたと説明を受けて安心した。

発熱に対するこの程度の処置は、こちらでも常識なんだろう。

リリアムの邪魔にならないよう、そっと『スキャン』を唱える。

すると、姫の身体全体がぼんやりと赤くなった。なんとなくお腹の辺りに集中している気がする。

『スキャン』は、身体の中の悪いところを表示するための魔法だ。つまりお腹を中心にして、全体的に悪いということかな？

食べ物にあたったか、風邪か、そこまではわからないけど。

発熱は免疫力を高めるためなんだから『免疫力向上』をしてやれば、その分早く病原体を倒すことができるのかも。

と、つらつらと考えていたら――

『治れ』

リリアムが一言、呪文を唱える。

効果は絶大だった。

ぐったりと乳母の胸に頭をあずける小さなお姫様は、さっきみたいな浅い呼吸ではなくなっている。

「これで終わり？」

「また明日も診《み》る」

なるほど、何回か診察しつつ、『治れ』と唱えて様子を見るのか。

姫は乳母《うば》の胸にもたれて眠り始めたようだ。睡眠は大切だよね。ゆっくりお休み、お姫様。明日にはもう少し元気になっていると思うよ。

明日もまた来ますという話を侍従と交わし、跪《ひざまず》かんばかりに礼を言う乳母や侍従に挨拶を返して、私達は部屋をあとにした。

「すごいね、リリアム」

どんな治療も『治れ』の一言。私にはない、本物の『ガイアの申し子』のチートに感心して声を上げると、リリアムは肩を竦《すく》めて答える。

「リィーンは抉《えぐ》れた骨を一度の癒《いや》しで繋いでみせたそうじゃないか。リィーンの方がすごいよ」

リリアムの『治れ』でも、時間をかければ骨折程度なら治すことができるらしい。そういえば前、誰かにそんな話を教えてもらったような気がするな。

詳しく聞くと、リリアムの治療は『治れ』の一言だけど、それ一回ですべてを治せるものではないのだそうだ。

軽い病気や軽傷くらいは一度で治せるものの、重い病気などは、様子を見ながら治していくのだとか。

お互いの治療についても、これから診療所の癒し手達を交えて話をしようね、と私達は話す。

リリアムと私。

最初に会った時は喧嘩《けんか》腰の会話だった。

一緒に住み始めてからは、保母さんと子供みたいな関係。

そして今、初めて、私達は同じ癒し手として対等な立場で言葉を交わした。


翌日。昨日と同じように診察用の部屋にリリアムや護衛と一緒に入った。当然ノエルも一緒だ。

部屋について少し待つと、お姫様を抱いた乳母とその一行が部屋に入ってくる。

昨日はぐったりしていた姫は、今日はだるそうな風情《ふぜい》ながらも、意識ははっきりとしているみたい。

発熱の峠《とうげ》を越えたのか、昨日よりもずっと顔色がいい。

とはいえ、体調の悪さのせいで機嫌も悪いのか、ぐずぐずと泣いていた。その手で、昨日と同じく犬のぬいぐるみをしっかり抱きしめている。

「『光の癒し手』様。昨日はありがとうございました。おかげさまで、姫はゆうべはよくお休みになられたようです」

リリアムは乳母の礼に軽く手を振って答えると、患者の姫を見た。

「これなら今日で治るね。『治れ』」

おお。すごい。

私はリリアムの癒しの効果に目を見張る。

彼の一言で、姫の病状は格段によくなった様子だ。

熱による赤みが引いて健康的なピンクの頬になり、気だるげに伏せられていた目がきょとんと瞬《またた》く。

身体の調子がよくなったことで機嫌も直ったのだろう。お姫様はやっと周りを見回す余裕ができたのか、自室ではない場所にいることに気付いたらしい。

初めての顔ぶれを物珍しげに見回していたその目は、ノエルを認めたとたん、大きく見開かれた。

「がうわ！」

小さな姫は精いっぱい手を伸ばし、片言で叫ぶ。まだ上手に発音できない舌っ足らずさが可愛い。

「がうわ」とは、おそらく犬のことだ。「ガウワン」と言いたいのだろう。

ちなみにこちらでは、犬の鳴き声は「ガウワン」という。日本だと犬の鳴き声は「ワンワン」なのに英語圏では「バウワウ」になるように、地域によって動物の鳴き声の表し方も変わるんだ。こういう地域差を知るのは楽しい。

日本の子供が犬を見て「ワンワン」と呼ぶのと同じ。幼児語で犬を指す名詞として犬の鳴き声がそのまま使われるのは、どこでも共通なんだね。

とまあ話はずれたけど、彼女はきっとノエルを見て、犬がいると叫んでいるんだろう。

ノエルの大きさに怯《おび》えているんじゃないよ。だって、興奮して目をキラキラと輝かせているもの。

そういえば、彼女のぬいぐるみも犬だ。やっぱり犬がすごく好きなのかも。

めったにお目にかかれない巨大な犬で、しかも翼つき。犬好きなら興味をもって当然だよね。

「なりません、姫様」

乳母《うば》はノエルを見て身震いしながら、そう小さく叫んだ。姫をひしと抱きしめ、視線を逸らさせるためにいろいろと話しかける。乳母だけでなく、他の侍女や侍従達も不安げにこちらを見て、頭を下げつつ姫を遠ざけようとしていた。

強大な力を持つ翼犬《よくけん》の傍に、大切な姫君を近付かせたくない様子だ。

その上、ノエルはただの翼犬じゃない。ガイア神が『黒の癒《いや》し手』のもとに遣わした『黒の御遣《みつか》い』なのだ。神の使徒に、ヒューマンが無礼を働くわけにはいかない。

かといって立場的に姫を叱りつけられない乳母は、焦りのあまりテンパり気味だ。

それでも姫の目はノエルから離れず、「傍に行きたい！」と全身で訴えている。

もう少し年長であれば、きっとこんな事態にはならなかったと思う。貴族達は躾《しつけ》が厳しいもの。どれ程傍に行きたいと思っても、今みたいに騒ぐことはないだろう。

だけど、姫はまだ数え年で二歳。やっと言葉を話し始めた程度の幼児に、それを期待するのは無理がある。

ノエルは、小さな子供の甲高い声を迷惑そうに聞いているだけ。

私はそっと姫に近付いた。

周りの者が誰も自分の思い通りにならない。そう苛立たしく思い始めたのだろう姫は、近付いてきた私に期待の目を向けた。

「ごめんね。ノエルはあまり人に触られるのが好きじゃないの。離れて見ているだけなら、怒らないから大丈夫だけどね」

私はノエルの代わりにそう謝る。お前も役に立たないのか、と小さな姫様の怒りのボルテージが上がるのがわかった。

「や！　がうわ。がうわ！」

「なりません、姫。た、大変申し訳ございません、ヴァルナ・リィーン」

おろおろと、乳母が私に頭を下げる。

とうとう癇癪《かんしゃく》を起こした姫は、思い通りにならない乳母を睨《にら》み、小さな手で乳母の口許《くちもと》をぺちりと叩いた。

叩かれても乳母は姫の身体を離さず、ノエルの傍には行かせない。

姫は乳母を動かすことができないと気付き、傍に立つ私を次の標的に定めた。

私を見上げ、「がうわ」ともう一度訴える。

ううう、大きなお目々がうるうるしてて可愛い。でもごめんね。その要望には応えてあげられないのよ。

私は再び、ごめんねと姫に断る。

小さなお姫様は、私もノエルの傍に連れて行ってくれないと悟ると私を睨みつけ、抱きしめていたぬいぐるみの犬をこちらに投げつけた。

「ひっっ」

あまりのことに、乳母が息をのんだ。

幸いにも、幼児が投げ捨てた重たいぬいぐるみに飛距離は出ず、その場にぼとりと落ちただけ。

私に向けて投げたということに気付いた者は、当事者である私と乳母《うば》だけだった……と思いたい。

だって……私は〝魔王の半身候補〟だ。

王家の姫と私の立場は、どちらが高位になるのか微妙。だけど……

――魔王の半身候補に、ぬいぐるみを投げつけていいわけがない。

こんなことが知れたら、姫はともかく、この乳母さんは確実に罰《ばつ》を受けるだろう。物理的に首が飛ぶ可能性だってある。

私は急いで距離を詰めると、ぬいぐるみを拾った。

手触りはノエルの毛皮のようになめらかで、体温の高い幼児にずっと抱きしめられていたため、ほんわりと温かかった。

「ガウ、ワン」

ぬいぐるみをふりふりしながら、私は裏声で犬の鳴き声をまねてみる。お国柄を考慮して、鳴き声はガイアの箱庭流〝ガウワン〟だ。

「ガウ、ワン。ガウ、ワン。痛いよぉ。痛いよぉ」

「がうわ？」

ぐずっていた姫は、目の前でぬいぐるみが痛がる様子を見て呟いた。

見開かれた大きな目から、溜まっていた涙がひとしずくぽろりとこぼれ、ふっくりとした可愛い頬に流れる。

「重いからって落としちゃうなんて痛いよう。ガウ、ワン」

そうですよ。姫は〝投げた〟んじゃなくて〝落とした〟んですよ。と周りにアピールがてら、愛らしい姫のご機嫌をとってみる。

「姫様、ボクが嫌いなの？」

「あー？」

「ボクがいるのに、他のガウワン見ないでワン」

姫の視線は、もうぬいぐるみに釘づけだった。

「がうわ！」

「姫様、大好きワンっ」

「あー！　あー！」

両手をこちらに伸ばし、天使の笑顔でぬいぐるみを抱きしめようとする姿は、さっきまでノエルを見て騒いでいた癇癪《かんしゃく》姫とは思えない。「あー」は、ぬいぐるみの名を呼んでいるのかな。

「姫は犬が大好きなんですね。もうちょっと大きくなったらノエルとお話ししましょうね」

そう言いながら、私は姫にぬいぐるみを手渡す。

「がうわ」

姫は両手でしっかりとぬいぐるみを抱きしめ、そっとノエルを見上げる。それからぬいぐるみに視線を落とし、もう一度しっかりと抱きしめた。

「あー」

ぬいぐるみに愛くるしい笑顔を向け、満面の笑みで私を見て、ついで自分を抱いている乳母《うば》にも声をかける。

「まー、がうわ」

まーが乳母の名前なのか、姫はぬいぐるみを見せつつ嬉しそうに笑う。

ううう。可愛い。機嫌が直ってよかった。乳母さんがそっと感謝の目で私を見ている。

うん、よかった。

——ややこしいことにならなくて、本当によかった。


姫の治療を終えた午後。

屋敷に戻り、侍女の人達の手を借り、動きやすい普段着に着替える。

コルセットにも少しは慣れたけど、これを外した時の解放感ったらもう……

ほっとため息をついて、私はソファに行儀悪くもたれかかる。

身の回りの世話をしてくれていた侍女のクリスさん達が部屋を出て、室内にはノエルと私だけになった。

「はあ……」

私は服の胸元から、そっと首飾りを取り出した。

「まもるくん二号」。私はこの首飾りをそう呼んでいる。ノーチェ特製の強力な魔道具だ。

私が作った魔道具「まもるくん」は、ノーチェとの謁見《えっけん》の時に、彼が魔力を解放したことで壊れてしまった。

代わりに、とノーチェが同じように作ってくれたもの。それがこの「まもるくん二号」だ。

この魔道具には、私を守るため、たくさんの魔法が重ねがけされている。

「あぶなかったかも……」

今日は、かなりひやっとした。

だってあの姫様は——ただの幼児の癇癪《かんしゃく》だけど——それでも、明確な〝悪意を持って〟私に攻撃したのだ。

「まもるくん二号」には〝悪意を持って触れると反撃〟するように魔法が施《ほどこ》されている。

子供の癇癪だって〝悪意〟は〝悪意〟だ。もし、「まもるくん」がそう判断していたとしたら。

投げられたぬいぐるみが万が一、私に当たっていたら。

魔道具が攻撃してきた者——あの小さな姫様に、反撃するところだった。

ノーチェの攻撃魔法で、あの姫様と乳母さんは相当の怪我を負っていただろう。いや、相手は幼児。下手をすると死んでしまっていたかもしれない。

こういうことを、全く想定していなかった。

私の魔法ですらヒューマンにとっては強力なのだ。魔王の魔法に耐えられるわけがない。

オーバーキルすぎる魔道具に、改めて恐怖が湧き上がる。

私が攻撃されたら、ノーチェが怒る。魔界の重鎮《じゅうちん》達も黙ってはいないだろう。ギューゼルバーンみたいに街が破壊される可能性だってある。

ノーチェがギューゼルバーンを攻撃したことは、もう大抵の人が知っていた。だからこそ貴族達も、魔王の半身候補である私に腫《は》れ物に触るように接している。

今のところはいないけれど、私を利用したいと考える者もこれから出てくるかもしれない。だから私は注意を怠《おこた》っちゃ駄目。

私は決して攻撃されないよう、危ないことには近付かない。自分の力を誇示《こじ》し、ノエルと青騎士にがっちり守ってもらって……と、最大限の注意を払って暮らしている。

そして「まもるくん」は、その守りを掻《か》い潜《くぐ》って襲ってくる敵や、不慮《ふりょ》の事故などに対する秘密兵器みたいなもの。

実際のところ、今まで「まもるくん」が活躍したのは、一号二号あわせても二回だけだ。コルテアの神殿で暗殺されそうになった時と、王都神殿で大神官と渡り合った時。

最後の守りである「まもるくん」の出番の少なさは、それだけ青騎士達がきっちりと私を守っていてくれた証左《しょうさ》でもある。今後もこれの活躍はない方がいいに決まっている。

そこで、だ。

今日のぬいぐるみ事件ではっきりした。

この反撃魔法、今考えると過剰防衛だったかもしれない。

〝悪意を持って〟とは、どれくらいを悪意と判断するのか？

私が作成した「まもるくん」は私の常識で鑑《かんが》みて〝悪意〟を判断していた。

私は日本で普通に、たくさんの人達と触れ合って生活してきたわけだ。私にとって、兄弟や友達と口喧嘩《くちげんか》するくらいは普通だし、ちょっとしたボケに「バカか」なんて、突っ込みがてら頭を叩くのも日常茶飯事だと思っている。だから、それは〝悪意〟とは判断しない。

たまに満員電車や信号待ちで、苛々しているのかわざとぶつかってくる人がいるよね。あれは〝悪意〟があるけど、反撃するほどのことじゃない。

私が反撃すべきだと考える〝悪意〟は、もっと明確な攻撃性のある行為。〝害意〟とでも言おうか。

だけど、ノーチェの常識は違う。

ノーチェは魔王様で、この世界の頂点、〝神と繋がる至高の存在〟だ。傅《かしず》かれることが当然。臣下はいても、肩を並べられる友人はいない。

仲間とふざけあったことなど、一度もないんじゃないだろうか。

親しげに触れる者も、冗談や突っ込みで叩くような相手も存在しない。いや、ふざけるとか、冗談半分に相手を叩くとか、関西ノリの〝ボケと突っ込み〟なんて想像すらつかないかも。

だからノーチェにとっては、不用意に触れてくる行動はすべて〝悪意〟。

「まもるくん二号」には、そんなノーチェの常識で考えられた魔法が施《ほどこ》されている。

しかも、過保護なほど私を心配するノーチェのことだ。〝悪意〟の判断基準も、より厳しいものになっている気がする。

なので、幼児の癇癪《かんしゃく》も、きっと〝悪意〟。

今まで魔法が予想外に発動する事態はなかったけれど、今日はちょっとまずかったかも。

「まもるくん二号」の能力をしっかり把握して、修正すべきところは今のうちに手を加えておかなきゃ。

魔道具に一度施された魔法が解けるかどうかわからない。だけど、発動の条件を後から追加することはできた。これは「まもるくん」作成時に経験したからわかる。

まず――

今はもう壊れてしまった、私作成の「まもるくん」とノーチェ作成の「まもるくん二号」には大きな違いがある。

「まもるくん二号」には基本的に、「まもるくん」と同じ魔法を施してくれたのだけど、各々《おのおの》の魔法の威力はすごく高いのだ。『防御膜』なんて、おそらく核兵器でも壊せまい。

魔道具はスキル〝魔道具作成〟がないとできないはずなんだけど、魔王様はなんでもできてしまうのか。そう言えばガイアが、『魔王はすべての生き物の能力の一部を背負う』って言ってたっけ。

そしてもう一つ違いがある。それは空間属性の魔法が付与されているところ。

この世界には、光・闇・火・水・地・風・空間の七つの属性の魔法がある。そのうち、空間属性の魔法は、この世界の神様、ガイア神が許した一握りの高位魔族しか使えない。もちろん、魔王様であるノーチェも空間属性持ち。

「まもるくん二号」には、その空間属性も利用されている。

「まもるくん」には盗難や置き忘れ防止のために、〝使用者から数メートル離れるとサイレン〟という魔法を施していた。

これの代わりに、ノーチェが〝持ち主から一定距離離れたら、持ち主のもとに戻る〟という魔法にしてくれたのだ。これなら、盗まれたとしても安心だね。

ノーチェは私の考えた「まもるくん」のもろもろの機能を、とても面白がっていたっけ。こういうアイデアを思い付くのは珍しいらしい。「さすが異世界人は違う」なんて言ってた。

大きな変更点はあと一つ。〝隷属《れいぞく》契約解除〟を追加で施したことか。

ってことで、「まもるくん二号」に施されている魔法はこんな感じ。

1. 魔力蓄積（MAX値　MP《マジックポイント》5000）
2. 特定のリズムで叩くと魔力が放出される
3. 使用者限定
4. 隷属、服従、魅了系魔法・スキルによる攻撃　阻止
5. 魔法無効化　無効
6. 自動ヒール（睡眠・マヒ・毒・呪いなどの状態異常、怪我）
優先順位　呪い、毒、マヒ、睡眠、その他の状態異常、怪我の順。怪我の場合、発動は、脳、内臓、骨など深刻な部位損傷がある場合は生命維持にとどめる
7. 魔道具のステイタス表示（攻撃感知・アラーム付き、MP残量・状態確認等）
8. 危険を察知すれば防御膜（物理防御と攻撃魔法防御）、自動修復機能つき

9．魔法不可視
10．使用者の意志に反して魔道具を外せない
11．悪意を持って触れると光属性魔法発動
12．使用者から一定距離離れると戻る
13．隷属契約解除

今直したいのはこの一一番目。〝悪意を持って触れると反撃〟の発動の条件付けだ。

あ、そうそう。

実は、この魔法を付与してもらう時に、すごくびっくりしたことがある。

ノーチェは無属性魔法が使えなかった。っていうか、〝無属性〟という属性は存在しないらしい。

この世界の魔法属性は七つ。それは私も知っていたけど、私のステイタスには無属性があるから、実質は八属性なんだと思っていたのだ。無属性は〝属性に頼らない魔法的なもの〟なのかなって。

今まで見てきた人達のステイタスには、無属性の文字を見たことがない。でも、HP《ヒットポイント》が五ケタ以上の人のステイタスは私には見えないから知らないだけで、きっと他にも無属性持ちがいると思ってたのだ。

ノーチェに教えられて、初めてこの世界に無属性魔法というものはない、と知った。

ノーチェに魔道具を作ってもらわなければ気付かなかったことだ。人前で「無属性が」とか言わ

なくて、本当によかった。

そう言えば、この世界では魔法の呪文は、その属性の精霊に祈ることで成《な》される。その理屈で言うなら、無属性だって〝無属性の精霊〟に祈らないと魔法が使えないわけだ。でも、精霊の属性は七つしかない。ってことは、無属性の魔法は一体どういう原理で使えるんだろう？

私には、魔法を使う時に精霊に頼んでいる、という実感はない。むしろ精霊の存在すら知らないまま、ゲームのイメージで魔法を使っていた。

おそらくなんだけど。

空間属性のない私がアイテムボックスを使えるのと同じで、無属性の魔法も異世界人特典のようなものなんじゃないかな。

この世界の常識を当て嵌《は》められない事象は〝無属性魔法〟ってことかもしれない。

たしか、ガイアも、異世界人はこの地の制約を受けない。だから異世界人は、願ったことをそのまま具現化できる。そんな感じの内容を言ってたと思う。

具現化できるのは、自分がしっかりイメージできるもの、それで、ゲームや小説、アニメなんかで見た馴染み深いものがモデルになる。私の場合はＲＰＧ《ロールプレイングゲーム》。

その能力のうち、この地にある七属性に当て嵌められないものは『無属性』ってこと。

ガイアが見せてくれた昔の『縁《えにし》の者』。琥珀《こはく》王の時の彼は三国志好きで、シミュレーションゲームが彼の想像の源《みなもと》だったって言ってた。自分で『明高《めいこう》の孔明《こうめい》』って名乗ってたそうだ。

きっと、かの孔明君が持っていた能力には、私の持っていない能力もあったと思う。

孔明君とも話をしてみたかった。琥珀王の狂化で亡くなってしまった彼。理由もわからずこの地に連れてこられて、きっと苦労しただろうな。

もし会えたら、いろいろ話ができたのに。

こういう話をできる相手がいないのは辛い。でも『縁の者』は一人の魔王に一人だけだから、私が他の『縁の者』に会う機会は絶対ないんだけどね。

ああ、でもギューゼルバーンには〝召喚の儀〟がある。あれでこちらに連れてこられた人達も異世界人なら、私達と同じような能力を持っているのかな。

とまあ、ちょっと話は脱線してしまったけど……

〝悪意を持って〟という条件を、もう少し変えればいいよね。

攻撃に対しては防御膜が発動するし、状態異常や怪我をしても自動ヒールがある。実のところ、反撃って必要ないんだよ。

いっそのこと反撃をやめてしまうか？　それとも、たとえば〝ＨＰの半分を失うほどの攻撃とみなせば〟みたいな条件にするか。

私には『魔王の加護』補正（全パラメータ×２）がある。防御力だって、きっとかなり上がっているはずだ。もともとが弱っちい私だけれど、ＨＰ９９９で防御力もあれば、多少のことでは死なない……と思いたい。

よし、決定。

できるなら、この一一番目の〝悪意を持って触れると光属性魔法発動〟の魔法を消す。

もしそれができなければ、〝HPの半分を失うほどの攻撃を受けた場合のみ発動〟と条件をつける。

うん。そんな感じでいいかな。

他にも何か気になるところがあれば……

あ、そうだ。一二番目、〝使用者から一定距離離れると戻る〟の〝一定距離〟なんだけど。

ノーチェの考える〝一定距離〟は、けっこう遠かった。

これを作ってくれた時、彼にどの程度の距離で発動させたいかと聞かれて「部屋の端から端くらい」って答えたんだよね。

ええ、私が間違っていました。魔王様が思う部屋の広さを見くびってました。

私のイメージする部屋ってのは、日本で私が住んでいた部屋のイメージ。八畳ほどの部屋の対角線、つまり四メートルくらい。

魔王様であるノーチェの考える部屋は広かった。

私の居住スペースは、広い寝室があって、続きにこれまた広い広い居間がある。まるで高級ホテルのスイートのような造り。

その寝室の一番奥の角に「まもるくん二号」を置いてそこから離れると、応接室の一番端まで歩いた頃に、やっと手元に戻ってくる。

続きの部屋の対角線上にある角と角。直線距離にしてだいたい三〇メートルくらい？　うーん、もっとあるかな？

とにかく、それだけの距離を離れた時、ふっと右手にノーチェの魔力とひんやりと硬い感触が生じる。「まもるくん」が私の手に戻ってきているのだ。

ちなみに、袋や箱にしまった状態で離れたらどうなるのかと実験してみたことがある。結果、袋ごと飛んでくるという予想は外れ、首飾りだけが飛んできた。

テーブルの脚にぐるぐると巻きつけ、その上から紐《ひも》で縛って離れても、拘束をすり抜けて首飾りだけが届く。

生き物ならどうかと、ノエルに持ってもらって離れてみても、やはり戻ってくるのは首飾りだけ。

首飾りのチェーン部分にハンカチをくくって、これでどうだ！　と離れてみれば……

この時はハンカチも一緒に戻ってきた。一体化しているかどうかで判断されるのか、それとも付属物と、「まもるくん」本体との重さの比率の問題か？　なんて考えるのは、けっこう楽しかった。

おっと、また脱線だ。悪かったね。こういう考察好きなんだよ。

えー、つまり、一定距離離れると、の〝一定距離〟は三〇メートルくらいだということ。

ちょっと遠すぎる感じはする。

基本はつけっぱなしだし、外す時はアイテムボックスに入れるから問題はない。でも、欲を言えば、もう少し発動までの距離を縮めたいかな。

あ、そうそう。これも心配だったんだけど、アイテムボックスは亜空間。つまり〝距離〟がないのだ。だから、もしかしたらアイテムボックスに入れた途端に手元に戻ってくるかも？　って思ったものの、どうやらそれは大丈夫なようだった。

……うん。

今のところ、修正したい箇所はそのくらいか。

反撃魔法の付与を解く、または反撃に条件を設定する。それと、転移魔法の発動までの距離をもう少し……一〇メートルほどに縮める。

よし。

私は気合を入れて、「まもるくん二号」を目の前にかざす。

『〝悪意を持って触れると光属性魔法発動〟の魔法除去』

そう唱えると魔道具が光り、魔法が弾かれた。

……無理か。

もう一度チャレンジしてみるが、魔法が効いた気配はない。魔道具のステイタスにも変更なし。

やっぱり、一度施《ほどこ》された魔法は解けない？

「じゃあこれで……『〝悪意を持って触れると光属性魔法発動〟の発動条件追加。使用者のＨＰの半分を失うほどの攻撃を受けた場合のみ発動』」

魔道具が光る。また弾かれた。

え？　これも駄目？

この魔道具はノーチェの作品だから、私には修正ができないのかな？

ううん、だって以前、これに『隷属《れいぞく》契約解除』の魔法を施したもん。あの時はちゃんと成功したのだし、私が扱えないわけじゃない。

魔道具には許容範囲があり、魔法を重ねがけする際にその許容範囲を超えると、それ以上の魔法の付与ができなくなるらしい。

かなり強い魔法を重ねがけしているから、『隷属契約解除』で許容範囲を超えたのか。

あるいは、ノーチェと私の格の違いのせいで、ノーチェの施した魔法を修正することは、私にはできないという可能性もある。

まあ魔王様だものね。ノーチェの魔法に私が干渉できるわけない。

私ではノーチェの施した魔法を修正できないのなら、本人に頼むか。

もしくは宝石を用意して魔法を施し、それを「まもるくん三号」としてもいいんだけど……

「まもるくん二号」は、私のためにノーチェが作ってくれた魔道具。決してロマンティックな品物ではないものの、ノーチェから私への初めてのプレゼントだ。

できれば、ずっとこれを使いたい。

――ノーチェ……今、忙しいかな。

私とノーチェは魂《たましい》が繋がっている。私がノーチェの名を呼ぶ声は、どこにいても彼に聞こえるのだとか。

だから私が名を呼ぶと、ノーチェはすぐに転移してきてくれる。

でも、それって仕事の邪魔だよね。だってノーチェは魔王様。忙しいだろうし、もし仕事中に呼んでしまったら、仕事を放って私のもとに来てもらうことになる。ガーヴさん達側近方にも申し訳ない。

ついそう考えてしまい、これまで私から呼びかけたことは数えるほどしかない。

やっぱり呼びかけるのはやめて、また今度ノーチェが来た時にでも頼んでみようか。などと思っていたら、ふいに結界が歪《ゆが》み、そこから馴染み深い魔力が現れた。

「え？　うそ」

ちょうど考えていたところに来てくれたノーチェ。

そんな偶然が嬉しくて、私は満面の笑みで振り向いた。

すると艶々《つやつや》とした長い黒髪に紫の瞳の超絶美形が、そこに立っている。

ビスクドールのような整った顔立ちの彼は、不安げに眉をひそめていた。

「……ノーチェ？」

ノーチェはものも言わず抱きしめてくる。確かめるみたいに私に触れる手が、少し震えていた。

「ああ、リィーン」

そう呟く声にも、いつもの余裕がない。

何をそんなに思いつめているのかと怪訝《けげん》に思いながら、私はノーチェに声をかける。

「どうしたの？」

ノーチェはため息交じりに答えた。

「不安で堪《たま》らないのだ」

「何が？」

「そなたはあまりにも脆弱《ぜいじゃく》で、私の目の届かぬ場所で怪我をしているのではないか、いつか死んでしまうのではないかと考えてしまう。恐ろしくてたまらぬ。片時も目が離せぬ」

びっくりして詳しく話を聞くと、どうやら時々こんな風に、無性に不安に駆られるのだそうだ。

その上、先ほどまで八公《はちこう》の面々と、私の護衛をどうするべきか話していたらしい。そこでヒューマンの身体がいかに弱いかという話が出て、『名奉《なほう》じの儀』の時にノーチェが魔力を解放して危うく私が死にかけたことも言及されたのだとか。それで急に不安になって会いにきたのだと、ノーチェは囁《ささや》きほどの声で呟く。

強靭《きょうじん》な魔族の頂点、狂化のその時まで実質不死の魔王からすれば、ヒューマンの身体の脆《もろ》さが怖いのだそうだ。

私が心配しすぎだよと笑うと、ノーチェはもどかしげに口を開く。

「リィーン。そなたの大切な者が、フラジェリッヒだと考えてみよ」

「それは……」

ノーチェのそのたとえに、私は絶句するしかなかった。

フラジェリッヒとは、トカゲの卵の殻《から》を使った芸術品のこと。例えるなら、ガイアの箱庭版イースターエッグとでも言えばいいか。

形を崩さぬよう穴をあけ、中身を抜いた殻を丁寧に洗って乾燥させ、それに透かし彫りの細工を施《ほどこ》して作る。

中に蝋燭《ろうそく》を入れてランプシェードにしたり、宝石や金で飾り立てたり、いくつも並べて物語仕立てにしたりと、様々な工夫を凝《こ》らし、その優美さを競う芸術品だ。

意中の相手の瞳と同じ色の宝石を埋め込んで、贈り物にすることもある。

ちなみに私の屋敷にも、ランプシェードが飾られている。

赤に塗られた殻の表面に、楽しげに飛び跳ねる動物達がぐるっと彫られていて、風に舞う粉雪のように淡く金粉が吹き付けられている。蝋燭の明かりを入れると幻想的で美しい。

魔王の半身候補となったお祝いに、貴族の誰かから貰ったものらしいのだけれど、ちょっと触れるだけで壊してしまいそうで、私は一度も触れたことがない。遠くから眺めて楽しんでいる。

フラジェリッヒに使われる卵の大きさはアヒルの卵サイズで、鶏卵《けいらん》より厚みがある分、少しは強いものの、それでも卵の殻であることにかわりはない。

もともと弱い〝卵の殻〟という素材に透かし彫りの細工を施すわけだから、とても繊細な芸術品で、割れてしまえば捨てるしかない。

制作を趣味とする者、名だたる職人の逸品を収集することを楽しむ者。楽しみ方は人それぞれだけれど、儚《はかな》いものに多大な才能と労力、高額の費用をつぎ込む、貴族ならではの遊びだと思う。

それが、フラジェリッヒ。

つまり、高位魔族から見たヒューマンは、私達人間から見たフラジェリッヒ並みに脆弱《ぜいじゃく》だと、ノーチェはそう言っているのだ。自分の恋人が、卵の殻でできている貴重品だと想像してみろ、と。

――卵の殻。

ちょっとした衝撃で壊れてしまう存在。繊細で、自分よりずっとずっと短命。

恋人や家族がこのフラジェリッヒ並みに脆いと想像すれば、不安になるのも頷ける。だって恋人は簡単に買い替えたりなんてできないのだから。壊れたら取り返しがつかない。

動く姿を見ているだけで、ハラハラしそう。

かと言って、姿が見えないともっと不安で堪《たま》らないと思う。

転んでヒビでも入ってやしないか、誰かが不用意に触れて壊してしまうのではないかと、一瞬たりとも目を離せなくなるだろう。

ああ、こんな不安を、ノーチェに抱かせていたのか。

八〇〇年以上待ち望み、やっと見つけた『縁《えにし》の者』。それはフラジェリッヒみたいに弱くて、数千年を生きるノーチェからしたら瞬《まばた》きほどの長さの寿命しか持たない。

半身の契約を済ませれば寿命も延びて、身体も少しは強くなる。なのにそれを先延ばしにし、『ファンテスマのガイアの娘』でありたいとヒューマンの国に居続け、会えるのはほんのひと時。

その上、大人しくしているならまだしも、神殿とやりあうなど心配ばかりかけて。

「それは……怖いね」

「だろう?」

ノーチェはまたため息をつくと、私を一層深く腕の中に閉じ込める。

申し訳なさに心が苦しくなった。

ノーチェのことは好きだけれど、それが「愛する」ということなのか、私はまだわかっていない。

数千年の寿命も、その最後にノーチェの狂化があることも、考えれば考えるほど怖くて、半身の契約に尻込みしてしまう。

でも、ノーチェの傍にいたい。その気持ちは本当。

溢れるほどの愛情を向けてもらえて嬉しいことも本当。

ごめん。ありがとう。私はまだまだ悩んでばかりだ。

せめて今、この時だけでも二人の時間を大切にしなきゃ。

私はそっと、ノーチェを抱きしめ返す。

「あの魔道具だけでは心もとない。もっと守りを固めねば」

そうぼそりと呟くノーチェの声に、ひやっとした。

……うわあ、言い出せない、言い出せないよリィーン。過剰防衛すぎるからちょっと修正してください なんて、今のノーチェに言えません。

私は「まもるくん二号」をアイテムボックスにそっとしまった。これはまた今度考えよう。

それから半刻あまり。

少しでもノーチェの不安を取り除ければいいなと願いつつ、私は努めて明るくふるまった。

不安に強張《こわば》った表情のノーチェも、しばらく雑談をしているとちょっとずつ落ち着いてくる。

こういう何気ない会話の時間も大切だなと思いながら、私はノーチェと取り留めのない会話をして過ごした。

第二章　持つ者の責務

五月の風は清々しい。

朝晩はまだ少し涼しく、日本みたいに梅雨《つゆ》がないこの地の空はからりと晴れ、どこまでも高く広がっている。

お披露目《ひろめ》パーティから五日後。五月六日風の日――金曜日。

今日はレオン殿下と打ち合わせがあって、王城へ行くことになっている。

「リィーン殿、今日は天気もいいことですし、馬車ではなくノエルに乗って移動しましょう」

朝、迎えにきてくれた青騎士団第二師団副師団長のシアンさんにこう言われた。

確かに、このお天気なら外を歩くのも気持ちいいだろう。お披露目の日も、その翌日も馬車で移動したから、ノエルに乗って街を歩くのは久しぶりだしね。

頷いた私は、シアンさんに促《うなが》されて外へ出た。

屋敷のエントランスを出たところには、整列している青騎士達と一緒に、狼に似た魔族が二頭、行儀よく座っている。

「おはようございます。今日もよろしくお願いします。……マルクとチェリも、おはよう」

青騎士に挨拶を済ませ、狼達――マルクとチェリにも声をかけた。

並んで座った彼らが、耳をぴくぴくと動かしながら私を見上げる。

マルクとチェリはハテイという種族の魔族で、私とノエルの護衛のために用意された、青騎士の騎獣《きじゅう》だ。

騎獣というのは、乗り物になる、馬以外の生き物のこと。

ノエルは中位魔族で、HP、MPともに五ケタある。身体も巨大で強い。だから騎士達の乗る馬は怖がって近寄れないのだ。

だけど、騎士は私達の傍に近寄らないと護衛ができない。そこでノエルを怖がらないような魔族の騎獣が必要だという話になり、魔界の貿易商であるミリーさんに頼んで連れてきてもらったのが彼ら。

ハテイは狼によく似た魔族で、勇猛で足が速く集団行動も得意なため、騎獣にぴったりなんだそうだ。

とはいえ彼らはまだまだ子供で、今は猛特訓中。サイズだって小さく、今のところその背に人を乗せることも叶わない。

去年の一二月に初めて会った時は、体高が一メートルくらいだった。今はもう少し成長していて、ピンと立った耳の先が私のウエスト辺りまで届くようになっている。

といっても、しぐさや行動が子供のそれで、身体も全体的に柔らかい丸みを帯びていた。甘えてじゃれつく姿は、狼どころか子犬そのもの。

それでもこの半年近くの訓練で、行進の時は普段の可愛らしさは鳴りを潜《ひそ》め、きびきびとかっこよく歩くようになっている。

ちなみに、真っ黒の毛並みで身体が一回り大きいのが男の子のマルクだ。

チェリは女の子で、灰色の柔らかい毛並み。背中と右前脚、しっぽの先に大きな黒の斑《ぶち》がある。

二人ともノエルの可愛い子分達。

今日もよろしくね、と声をかけて、私はノエルの背に乗った。

ノエルに乗ると、目線が高くなり視界が広がる。

心地よい風を感じながら、私は周りを見回した。

シアンさんの号令で、隊列がさっそうと動き始める。ノエルと私を中心に、前後にはハティと彼らの鎖を持つ騎士、その周りには馬に騎乗した十数名の騎士達がいた。

風に乗って新緑の香りがする。

王都のあるこの地は少し春が遅く、今の時期にいろんな花が一斉に咲き始めるのだとか。

私の屋敷のある上流ゾーンは貴族の屋敷が立ち並ぶ地域で、どの屋敷も敷地が広く、大きな庭園を持っている。それも、庭師が丹精《たんせい》込めた見事な庭園だ。

だからこの季節は、頬を撫《な》でる風にも涼やかな若葉の香りを感じる。

気持ち良くて目を細めていると、「高原に行けば、美しく咲き乱れる花のじゅうたんを楽しめますよ」とシアンさんが教えてくれた。

花のじゅうたんか。見てみたいな。

このところ忙しすぎて、街の外に出るチャンスがなかった。

またノエルと走りに行こう。ハティと一緒でも楽しいかもね。

――ノエル走る――ノエル親分――ハティ子分――

ノエルも走りたいらしい。うんうん、子分の面倒をちゃんと見られるノエルは偉いね。頼りにしてるよ。

そうノエルと語り合いながら私達は進む。目的地は王城だ。


やがて、王城の正門が見えてきた。

魔王の半身候補である私は、王城に入る際、必ず正門を通ることになっている。

跳ね橋を渡り、分厚い城壁の門を何度もくぐって奥へと進む。

そこから複雑に入り組む道を通り、いくつかの結界を抜けた先に、レオン殿下の執務室がある棟がある。

約束の時間には、まだ早いみたい。

今日はいつもの道を通らず、ちょっと寄り道をしてもらうことにした。

少し道を外れると、広くて豪華な庭園があるのだ。その景観の素晴らしさは、何度来て見ても飽きないくらい。

なかでも私のお気に入りは〝薔薇《ばら》の回廊〟と呼ばれる道。石造りの支柱の上にアーチ形に薔薇の蔦《つた》が巻き付いていて、それがずっと続く。

今の季節は薔薇が満開で、色とりどりの美しい花が今を盛りと咲き誇る回廊は、私の癒《いや》しの空間だった。

いい気分転換になるので、私はちょくちょくこの薔薇の回廊を通ることにしている。

巨体のノエルでも歩けるほど、回廊は広い。犬の嗅覚《きゅうかく》を持つノエルはむせ返るような薔薇の香りが苦手みたいだけれど、影に入らず付き合ってくれている。

高原の花のじゅうたんを見られないのだから、ちょっとくらい今の季節を満喫《まんきつ》したいものね。

私はノエルから降り、心地よい朝の空気に混じる薔薇の香りに包まれて、ゆっくり歩いた。


それから数十分後。

レオン殿下の執務室には人払いがなされ、厳重に結界が張られた。

部屋にいる者は殿下と、青騎士団第二師団長のヴァンさん、副師団長シアンさん、私。私の座るソファの後ろにはノエルもいる。

部屋に入って早々に、レオン殿下からお披露目《ひろめ》パーティとその後の王太子の姫様の治療について、ねぎらいの言葉を貰った。

そして殿下は、やわらかく微笑んでから、「始めるか」と表情を改める。

今日は内密の話も含め、話し合うことが多いらしい。

長期戦になりそうだな、と私も気を引き締める。

すると――

始まった話題は、私の趣味についてだった。

「趣味、ですか？」

私の趣味なんて聞いてどうするのかと、せっかく入れた気合が霧散《むさん》してしまう。

「貴族らしいものであれば何でもよい。何かあるか？」

それからレオン殿下より質問の意図を説明されて納得した。

わたくしリィーン・カンザック、めでたくも貴族となったわけで。

今後は貴族として、多少の教育と教養が必要になる。

貴族の嗜《たしな》みにふさわしい何かができれば、王都でも一目《いちもく》おかれる。それにもし魔王の半身となった場合、そういう高尚な趣味を持つことは決して無駄にはならない。

だから、何か貴族らしい趣味はないかという質問だった。

って言われても、貴族の趣味なんてあんまり想像つかない。私は軽く首を傾げて問いかける。

「女性貴族の趣味って、たとえば何があるんですか？」

「そうですね。女性の嗜みと言えば、刺繍《ししゅう》にダンス、詩作、楽器演奏、歌、絵画あたりでしょうか」

シアンさんがいくつか列挙してくれる。

続けて説明してもらったところによると、乗馬も人気だそうだ。手先の器用な人なら、例のガイアの箱庭版イースターエッグ、フラジェリッヒ製作なんてものもある。

なるほど……。言われてみれば、どれも貴族の女性らしい感じがするよね。

私、何ができるんだろう？

「……ダンスは駄目ですよね」

「ええ、それ以外でお願いします」

とりあえず、選択肢を減らすために聞いてみた。シアンさんは苦笑をもらしながら頷く。

お披露目《ひろめ》パーティの時に魔界から言われた通り、私は『魔王の半身候補』だ。他の男性に腰を抱かれて踊るなんて、魔王様が怒ってしまうから却下。

それに、ダンスとはいわゆる社交ダンスだ。私が知っているわけない。

他はどうだろう？

私は視線を落とし、先ほどシアンさんがあげたものを一つ一つ考えてみる。

刺繍《ししゅう》は家庭科の授業でやったけど、特に好きではない。絵画や詩作も無理。

乗馬は、ノエルがいる限り馬に乗る必要はなさそうだ。歌はJポップならまだしも、オペラ的な何かを要求されるだろうから無理。フラジェリッヒ製作？　そんな手先の器用さは持ってません。

どれもこれも、自信を持って「できます」と言えるものはない。

かろうじて、できるものがあるとすれば……

私は目線を上げ、レオン殿下を見て口を開いた。

「ピアノならなんとか」

「ぴあのとは何だ？」

レオン殿下が首を傾げる。どうやらピアノは通じないらしい。

私は身振り手振りでピアノの形状を表現し、ずらりと鍵盤《けんばん》が並んでいる楽器で、それを弾いて音を奏でるものだと説明する。

すると、レオン殿下が合点《がてん》がいったとばかりに頷いた。

「ああ、カラヴィティンか」

カラヴィティン？　知らない名前だ。

レオン殿下の説明によると、カラヴィティンというのはどうやら小型のピアノのような楽器なのだとか。もしかすると、オルガンかチェンバロみたいなものかもしれない。

「カラヴィティンでしたら魔界も喜びましょう。早速連絡いたします」

シアンさんがそう言うと、レオン殿下は頷いた。

「うむ。ちょうどよいな。魔界からの贈り物として申し分ない」

へ？　なんで魔界？

急に出てきた魔界という単語に戸惑っていたら、レオン殿下が苦笑交じりに説明してくれた。

公《おおやけ》の身分としては、私はファンテスマ王国の王家直轄の一代男爵で、ファンテスマ王家の庇護《ひご》下にある。

屋敷の建築費や人件費もろもろは全部、王家に貰った潤沢《じゅんたく》な年金と、特別に用意してくれたという準備金から賄《まかな》われた。

魔界からすれば、私は魔王様の半身候補なのに、私の生活費がすべてファンテスマ王家から出ているという状況だ。このままでは、魔王陛下の半身候補に対して何の援助もしていないことになってしまう。

なんと――半身じゃなくて半身候補なのに――すでに、魔界でも私に予算がついているのだそうだ。

実は、ノーチェからドレスや宝石などいくつも貰っている、らしい。ノーチェが直接私に持ってきてくれたんじゃなくて、八公《はちこう》を通じて私の屋敷に届けられているから、私もよくわかってはいないのだけれど。

それで、細々としたものだけじゃなくて、大物も用意したいので何か要望はないか、と魔界から打診があったところなのだとか。

一つ一つ、丹念に手作りされたカラヴィティンはとても高価なもの。

繊細な構造が紡ぎ出す優美な音色もさることながら、意匠《いしょう》に工夫を凝《こ》らすこともこの楽器の特徴で、装飾によってどこまでもその値は跳ね上がる。

魔界が、魔王の半身候補に贈る品として相応《ふさわ》しい代物《しろもの》だ。

そのような内容を、シアンさんやヴァンさんに説明される。

そんな高価な楽器、気軽に弾けないよ、もったいなくて。

今でも十分、いろんなものを貰っているのに……

クリスさんが用意してくれるドレスはどんどん増えている。どれが魔界の予算で作られたもので、どれが私の年金で作ったものか、私はよくわかっていないのだけれど。

最近では、毎朝差し出される衣服は、一度も袖を通していないドレスばかり。

もともとド庶民な私からすれば、ドレスなんて何度も着なきゃもったいないと思ってしまう。そんなに贅沢《ぜいたく》をするのは嫌だ。

それに、贅沢しすぎて革命が起きて、「マリーを殺せ！」みたいになったらどうすんの？　そう考えてしまうのは考えすぎなのかな。

不安になってレオン殿下に相談すると、これは必要経費なのだと諭《さと》された。

私がドレスを何度も着回したりすれば、ノーチェの恥になる。同じように、『ガイアの娘』を庇《ひ》護《ご》するファンテスマ王家にも恥をかかせることに。

それに私のドレスには、ちゃんと意味があるらしい。

コルテアで最初にドレスを作る時にレオン殿下の出した指示〝『黒の癒《いや》し手』の衣装はガイアの娘らしく、清楚《せいそ》で神秘的なものを〞というコンセプトは今も健在。それで、私のドレスは他の貴族の姫様達に比べ、一見とても大人しく見える。

裾の広がりは控えめだし、装飾に使われる宝石も小ぶりで派手派手しさがない。

だけど、そのドレスの布地は最高級の代物《しろもの》が使われている。小ぶりに見える宝石も、繊細な加工が成《な》された高価なものだし、細やかな刺繍《ししゅう》やレースの織りも美しい。

控えめな印象のその衣装は、見る者が見れば、どれほどの技術の粋《すい》と贅《ぜい》を尽くしたかがわかる、上品で優美な逸品に仕上がっている。

私がそんな衣装を纏《まと》って人前に出ることで、他の貴族の女性達も競うように着飾る。『黒の癒し手』のドレスのデザインを真似た衣装は、貴族の姫達の新しい流行なのだそうだ。

それに、といたずらっぽい笑みを浮かべて殿下は続ける。

「そなたは今、王都で流行《はや》りのカンザック流サロンを知っているか？」

「カンザック流サロン？　私流？　ってつまり、じゅうたんに座るってことですか？」

サロンで靴を脱いでじゅうたんに座るのは、コルテアでも話題となった。

王都でも同じように私の屋敷のサロンが話題に上《のぼ》り、真似をする貴族達が出始めたのだそうだ。

流行りはじめたという話は家令のフォルトナーさんに聞いていたんだけど、カンザック流サロンなんて名前がついていたとは知らなかった。

椅子に腰かけるのではなく直《じか》に座ることで、じゅうたんに客の視線が向きやすくなる。だからじゅうたんの刺繍《ししゅう》に工夫を凝《こ》らし、その細工の面白さや豪華さを競うようになったのだとか。

貴族同士の集まりは、どうしても見栄の張り合いになってしまう。どれほど高価かだけじゃなくて、どんな素材を使っているか、意匠《いしょう》の粋《いき》さ、どこの名工に頼んだものか、とか話題に上らない日はないらしい。

そのおかげで、じゅうたんの注文がすごく伸びているんだって。

他にも、じゅうたんに座った状態で使える脚の短いテーブルや、家具もどんどん作られている。

そうやって、あっという間に王都貴族の新しい流行となったのだとか。

そしてもう一つ、大きな流行となっているものがある。

靴下だ。

靴下といっても、日本でお馴染みの形状じゃない。ここにはゴムがないもの。

ゴムの代わりに伸縮性のある布で作られていて、ひざ下辺りでリボンを締めて留める。

女性用の長いものは太ももの上まであって、ガーターベルトを使う。初めてこれを着けた時は、大人な雰囲気にむふふってしちゃったよ。

ちなみにこれは高級品。平民は足袋《たび》の上に広い布がついた、ふくらはぎに紐《ひも》で巻き付ける形のものを履《は》いている。「脚あて」というのだそうだ。

私も今は靴下を履いているけど、コルテアで暮らし始めた当初は脚あてを着けていた。

話は逸れたけど、つまり、その靴下が大流行りってわけ。

今までは、人前で靴を脱ぐことは決してしなかった。それが靴を脱いでじゅうたんに座るようになり、見られなかったはずの足が人目にさらされることになる。

まあね。私もコルテアの私の屋敷でレオン殿下の靴下を初めて見た時、下着を見てしまったみたいな怪しいドキドキを感じたもの。

普段きっちりと隠されている部分を見るのって、ちょっと背徳的な色気を感じちゃうもんだよね。

本来なら靴の中に隠れているはずの足元のおしゃれに贅《ぜい》を凝《こ》らすことが、貴族達の琴線《きんせん》に触れた。

これまで〝高級肌着〟だった靴下が、〝最高級装身具〟にランクアップしたのだ。

ドレス、靴下、じゅうたん。

『黒の癒《いや》し手』の出現によって流行が生まれ、じゅうたんやテーブルの制作にかかわるものや、ドレスや靴下を仕立てる人達、布地や糸、装飾品を作成する人達、それらの原材料を作る人達、産地と王都間の運搬《うんぱん》を担うもの達や護衛など、たくさんの人々の仕事が増える。

仕事が増えたことで豊かになった人達が物を買い、他のお店も潤《うるお》う。

そうやって経済が回っていくのだ。

持つ者が使うことによって、持たざる者への恩恵となる。

これも貴族としての、魔王の半身候補としての、大切な責務の一つ。

「リィーン、清貧は必ずしも美徳ではない。持つ者の責務をはき違えてはならぬ」

レオン殿下はそう諭《さと》す。殿下は続けて、もう一つ説明してくれた。

私の、一度しか袖を通していないドレスはどこへいくのか。

大部分はまた仕立て屋の元に戻り、パーツごとに分解される。

現状、ノーチェと私以外が使うことを許されない紫色の布やリボンなどは、次に私のドレスを仕立てる際の小物になるそうだ。それ以外のパーツは、他の貴族達のためのドレスに生まれ変わる。

仕立て屋に戻さないドレスのいくつかは、私の名のもと、上流階級のチャリティーオークションに出されて、売り上げは孤児院などに寄付されている。

そんな風にちゃんと先々の使い道もあるのだから、気にしなくてもいいのだと説明を受けて、私もなんとなく納得できた。

カラヴィティンも、高価なものを貰うのは申し訳ないのだけれど、私がそれを持つことに意味があるなら、お願いしてもいいのかなと思えるようになった。

それに、日本にいた頃は気が向くとピアノを弾いていたから、こちらでもピアノ……カラヴィティインが弾けるのは、実はすごく嬉しい。

最後に楽器に触れたのは、もう半年以上前の話だもの。

カラヴィティンのことが決まったとたん、早く弾きたくて堪《たま》らなくなった。

いつ頃貰えるのかと尋ねると、シアンさんからひと月ほどはかかるだろうとの答え。

「魔界から魔王の半身候補への贈り物ですので、気合を入れて作ってくれるでしょう。楽しみに待っていてくださいね」

「わかりました。ありがとうございます」

出来上がりが楽しみだ。


その後もいろいろな議題があがった。

決める事柄は多く、打ち合わせの内容は多岐にわたる。

といっても、こんな風にレオン殿下と私が会って決めるのは、基本的な指針や方向性の確認程度。時にはそこに八公《はちこう》も参加して、魔界の意見も考慮しつつ大まかな意思決定がなされるのだ。

そのあとの細かい部分の取り決めや調整は、殿下の官吏《かんり》と私の家令フォルトナーさん、魔界も加わる場合は八公の補佐が参加し、じっくり話し合って決めてくれる。

いわゆる、実務者レベル会議ってやつだ。

私の希望をフォルトナーさんに伝えておけば、あとは彼らが調整してくれる。私は決まったことの概要をフォルトナーさんから聞けばいいだけ。

こういうところ、本当にありがたい。

たとえば今回のカラヴィティンの話でいえば、レオン殿下と私の間で「カラヴィティンの演奏を私の趣味とする」ことと、「カラヴィティンを魔界からの贈り物とする」という意思決定がなされた。

このあとは細々とした取り決めが多くなるだろう。そこはフォルトナーさん達が調整してくれるはず。

私が意匠《いしょう》や形に要望があれば、それを伝える。カラヴィティンの指導ができる者の選出、楽譜などの手配、レッスンの日程調整についてはフォルトナーさん達のお仕事。それからお披露目《ひろめ》に相応《ふさわ》しいイベントや招待客の検討、カラヴィティンを置く部屋の模様替えなども。

ピアノに似た楽器とはいえ、私はカラヴィティンに触れるのは初めてだ。しかも私はこの世界の者ではないから、こちらの楽曲は何も知らないし、楽譜だって読めるかどうかわからない。指導してくれる先生は必要だってことね。

それにお披露目も重要なのだ。『黒の癒《いや》し手』にも貴族らしい教養があることをアピールしつつ、魔界との結びつきを見せつけなくちゃいけないから。

お披露目といっても、何百人も集めてコンサートをしろって言ってるんじゃないよ。数人の有識者を招待して非公式の茶会を開き、そこで私のカラヴィティンを聞かせる。それで十分なのだ。

あとは招待客がその時の話を広めてくれる。

私のピアノなんて本当にただの趣味でやっていただけで、人様に聞かせられるような技術はないのだけれど、それは気にしなくていいんだって。

貴族の趣味はあくまで〝趣味〟であって、プロ級を求められているわけではないのだそうだ。むしろ、お金をとれるレベルじゃない方が好ましいらしい。

といっても、あんまり下手なものは聞かせたくない。ちゃんと練習しなきゃね。

とまあ話はずれたけれど、こういったややこしくも細かい作業をフォルトナーさん達がやってくれるってこと。


他にもいくつかの打ち合わせを済ませ、頭を使いすぎてそろそろ疲れてきたなと感じ始めた頃。

レオン殿下が、「最後に」と居住まいを正した。

その殿下の姿を見て、私もぴんとくる。

だって、今までの打ち合わせ内容に人払いが必要そうな話はなかったもん。とすると、きっと次の話題が機密事項なんだよね。

私も姿勢を正し、気を引き締め直す。

室内の空気が変わると、レオン殿下がおもむろに口を開いた。

「かねてよりの懸案事項であった例の件だが、疑いのある者をようやく絞り込めた。そこでそなたに『隷属《れいぞく》契約解除』を頼みたい」

おー、いきなりややこしい話がきましたね、レオン殿下。

私はつい周りを見回してしまった。人払いされた部屋の中、誰にも盗み聞きなんてできないんだけれど、つい、ね。だってこれは、かなりのトップシークレットだもの。

これを説明するには、ひと月ほど前のことから話す必要がある。そう、あの時——

神殿とのごたごたが解決し、リリアムが私の屋敷で住むようになってしばらくたった頃。

厳重に人払いされたレオン殿下の執務室で、私は殿下、ヴァンさん、シアンさんと話をしていた。

「『隷属契約解除』を使うんですか？」

レオン殿下の要請を受けた私は、そう問いかけた。

ガイアが私にくれたスキル『隷属契約解除』。

『服従の契約』のような魂《たましい》に刻み込まれた契約を破棄できる、ものすごいスキルだ。

この世界の人はステイタス表示が見られないから、誰が『服従の契約』や『血の盟約』で縛られているか、誰もわからない。

何代にもわたって国を支え続けた忠臣や、王に剣を捧げ忠誠を誓った騎士など、思いもよらぬ人が隷属契約によって敵の傀儡《かいらい》とされているかもしれないのだ。

これはものすごく怖いこと。

しかし、私の持つ『隷属契約解除』のスキルなら、それを解除できる。

私としては、『隷属契約解除』なんてすごいスキルを持っていることは秘密にしておきたい。だって、これのせいで私の利用価値がまたぐっと上がってしまうもの。

けれど、ガイアがこのスキルをくれたのは、これでリリアムを解放してほしいというガイアの願いがあったからだ。

その願いを叶えてリリアムを神殿から助け出すためには、レオン殿下やヴァンさん達にこのスキルを秘密にしておくわけにはいかなかった。

殿下達のおかげでリリアムを無事助けられたのだ。スキルについて話したことは後悔していない。

それに、殿下からスキルを使ってほしいと頼まれることも、ある程度は予測していた。

なのでこの要請を聞いた私の感想は、「やっぱり頼まれたか……」といったところだった。

私がそう考えている間にも、殿下の説明は続く。

敵側――殿下は固有名詞を出さなかったけれど、おそらく〝敵〟とはギューゼルバーンのことだと思う――に送り込んだ間諜《かんちょう》からの報告で、こちらの王城の情報が漏れていることがわかった。

王城に間諜が送り込まれている可能性があり、それ以外にも、官吏《かんり》の中に隷属契約によって傀儡とされている者がいるかもしれない、と調査を進めていたのだそうだ。

もし対象者が現れれば、私に解除を頼みたい。

レオン殿下の依頼はそういうことだった。

「わかりました。いつですか？」

私の質問に、殿下は「まだまだ先だ」と答えた。

どうやら調査には、かなりの時間がかかるらしい。

「いっそのこと、城にいる人全員に順番にかけていけばいいんじゃないですか？」

私はふと思いついてそう提案する。

さっき言った通り、この世界の人達は誰が隷属契約に縛られている被害者か、誰もわからないのだ。

私も、『言《こと》の葉《は》』みたいにステイタス上に表示されない契約についてはは確かめることができない。

だけど、特定の人物に対して、隷属契約で縛られているかどうか判断するのは簡単だ。

私がその人に『隷属契約解除』のスキルを唱えればいい。解除されてふらふらと倒れたら、アタリ。

どうせ何度か使っていれば、いずれはスキルの存在を知られてしまうんだし、時間をかけて対象者を絞り込まなくても、手当たり次第に使えばすぐに見つけ出せる。

私の提案は苦笑交じりに却下された。

「まだこの技《スキル》を知られるわけにはいかぬのだ」

「こちらが隷属契約を解除できることを知られていない今だからこそ、できることがあるのです」

シアンさんもそう言い添える。

「ええ。『隷属契約解除』は〝『隷属契約』を強《し》いられた者にしか効かない〟のです。間諜《かんちょう》に知られる危険は冒せません」

ヴァンさんも言葉を付け足す。

そして、よくわからないと頭を捻《ひね》る私に、噛んで含めるように説明してくれた。

ファンテスマにも、間諜の任についている者はいる。

この国では『服従の契約』は禁忌《きんき》だ。だからレオン殿下が使っている間諜達は、隷属契約によって無理やりその仕事をさせられているわけではない。

自分の意思で間諜となることを選び、厳しい訓練で技を磨く。そして、己の危険を顧《かえり》みず敵の本拠地に潜入し、諜報活動に勤《いそ》しんでいる。

……わお、すごいな。

敵側の間諜のことは、「怖い」とか「騙すなんてひどい」とか「情報をこそこそと探るなんて汚い手を」とまで思っていた。なのに、自分の陣営側の間諜について考えると「スパイ映画みたい」とか「リアル忍者」とか思っちゃう。なんというダブルスタンダード。

それで、こちらと同じように、他国にもそこの国王を主《あるじ》と仰《あお》ぎ進んで間諜の道を選んだ者が必ずいる。

ファンテスマの王国に潜《もぐ》り込んでいる間諜や刺客《しかく》達にもそういった、いわゆる生粋《きっすい》のスパイやプロのヒットマンがいるってことね。

潜《ひそ》む敵は大まかにわけて三種類。

まず生粋のスパイやプロのヒットマン。レオン殿下達は彼らを〝影〟と呼んでいる。

それから、地位や金銭を餌《えさ》に買収されて敵側に寝返った〝こうもり〟。

そして、敵に隷属契約を強いられ傀儡《かいらい》とされた〝木偶《でく》〟。

私のスキルの効果は、あくまで〝隷属契約に縛られた者を呪縛から解放すること〟であって、〝誰が間諜《かんちょう》なのかを調べること〟ではない。

手当たり次第に『隷属契約解除』を試したりしたら、その行動で〝影〟や〝こうもり〟に私のスキルの存在を教えるはめになってしまう。

慎重に慎重を重ね、証拠を集めてターゲットを絞り込み、身柄を拘束して、やっと私の出番というわけ。

私のスキルの使いどころとなる〝木偶《でく》〟にも二種類いる。

一つは、自爆テロ的な攻撃に使われる鉄砲玉。

ターゲットと共に実行犯も死ぬことを前提とした使い捨ての刺客《しかく》は、『服従の契約』を結ばされている場合が多い。隷属契約を解除して身柄を保護すれば、敵について証言がとれるだろう。

そして、もう一つの使いどころ。

敵側の姦計《かんけい》により隷属契約で支配され傀儡《かいらい》となり、こちらの情報を漏らすようになった、もとは善良な国民だった官吏《かんり》や側近達。

この場合、その近くに敵の間諜が潜《ひそ》んでいる可能性が高い。

隷属契約をかけるには、対象に近付かなくちゃいけないもの。

それにこういった傀儡は、永続的に機密を流し続けさせるために、命令を下したり、報告を受け取ったりするため定期的に接触する必要がある。だから、必ず敵の間諜が紐《ひも》づいているわけ。

この場合、隷属契約を解除すれば、敵方の間諜を捕まえることもできるし、敵の接触方法や情報伝達経路など、様々な情報を知ることができる。

レオン殿下が望んでいるのは、この傀儡となった人達の保護と間諜の捕縛《ほばく》なのだ。

今回、「数を絞り込んだ」と言っているのは、その、〝木偶〟の候補者らしい。

『隷属《れいぞく》契約解除』のスキルが知られていない今なら、間諜達も〝木偶〟から情報が漏れるとは思っていない。

このアドバンテージを活かして、影に潜んだ間諜を炙《あぶ》り出せる。

「でも、リリアムの『言の葉《ことは》』が解除されたことはみんな知ってますよね？　なんらかの解除方法を手に入れたと、知られてしまってるんじゃないですか？」

私は今は牢で取り調べ中らしい大神官との神殿でのやり取りを思い出し、苦い思いを噛みしめながら口を開いた。

私が青騎士達と共に神殿に乗り込み、その結果大神官は捕えられてリリアムは神殿から出ることができた。このことは、みんな知っている話。

だから、『言の葉』の解除方法があると、もう知られてるんじゃないかな。

私がその疑問をあげると、シアンさんが否定する。

「今まで大神官に手が出せなかったのは、彼が権力を持っていたからです。明確に『黒の癒《い》し手』と王家の敵となった大神官は罪人となり、その力を失いました。大神官の身柄さえ拘束できれば、あとは何とでもなるんですよ」

「何とでもなる？」

ちょっとわかりにくい説明に、私は首を傾げる。

「すでに大神官は我らの手の内です。罪人である大神官に拒否なんぞできねえでしょう？　大神官に命じて、彼に『言の葉』を使わせ、『光の癒し手』に『神殿から出て普通に生活をしろ』と命じさせるなど、実に簡単なことです」

ヴァンさんがそう皮肉な調子で言う。

『言の葉』の呪縛から逃れたとはいえ、リリアムはまだリハビリ中。彼にかけられていた『言の葉』が、本当に解除されているのかどうか、はた目には判断がつきにくい。

〝魂《たましい》に刻み込まれた誓いや契約は決して解除できない〟

これはこの世界の常識。だからこそ『言の葉』が解除されたなんて、誰も本気にしていないのだと説明されて、なるほど、と納得した。

そう言えば、前にコルテアの宮廷魔術師からも「魂に刻み込まれた契約の解除方法はない」と教えてもらったっけ。

だから、今なら間諜《かんちょう》も〝木偶《でく》〟達の呪縛が解けるなどありえないと油断している。スキルの存在を知られて敵に警戒される前に、怪しい者の排除を済ませておきたい。

レオン殿下はそう考えているのだそうだ。

「まあ、何人か間諜を捕えれば、向こうも慎重になってくるだろう。いずれは、我々が魂に刻み込まれた契約の解除方法を得たと予測する者も現れるやもしれぬ。そうなれば、大々的に公表しよう。〝何人たりとも人の魂を汚してはならぬ〟とガイア神御自ら『黒の癒し手』に授けてくださった神の技だと。『ガイアの奇跡　第三章』だな」

レオン殿下がにやりと笑う。

『ガイアの奇跡』とは、私がギューゼルバーンから助け出されてすぐに発表された、声明みたいなものだ。

ギューゼルバーンが『ガイアの娘』を迫害したことにガイアが怒り、大地が揺れ、神の御遣《みつか》いが魔族と共に私を助けてくれた。御遣いはそのまま私の眷属《けんぞく》となった……と、そんな内容。

『ガイアの奇跡　第二章』は、私が魔王の半身候補になった時に発表された。

『黒の癒し手』はガイアから魔界へ行けと神託を受け、そこで魔王と出会う。ガイアの御心《みこころ》により、『黒の癒し手』は『魔王の半身候補』となった、というもの。

そして次は『ガイアの奇跡　第三章』だ。

まあ全部レオン殿下の創作なんだけどね。

絶妙に真実を踏まえつつ、こちらの都合よく神様の名を使っているあたり、ほんとにこの人ガイア信徒なのかと、いっそ潔《いさぎよ》さまで感じてしまう。

そんな流れで決定したのは、こちらから大々的に『隷属《れいぞく》契約解除』を公表するその時までは、誰にもスキルの存在を知られないよう慎重に行動すること。

そして、〝木偶《でく》〟らしき者が見つかれば私の出番があるということ。

とりあえず、そんな風に今後の方針が決められたのだった。


……という話をしたのが、だいたいひと月ほど前のことだ。

とうとう今日、その疑いがある者が見つかり、私の出番となったわけだね。

ずいぶん時間がかかったような……ううん、違うか、たったひと月で見つけ出したと言うべきか。

それにしても、王城で働く大勢の中からよく絞り込めたよね。

いったいどうやったんだろう？

そう尋ねると、「詳しくは話せませんが」とヴァンさんがかいつまんで教えてくれた。

敵側に流れたと判明している情報に接することができた立場の者達をピックアップし、その人達にまた機密文書を渡す。

その文書の内容は、人によって微妙に変えてある。敵側に漏れた文書がどの内容かで、内通者を特定する、というもの。

その他にもかなりの時間と手間をかけていろいろな検証を重ね、徐々に絞り込み、残ったのが今回の候補者なのだそうだ。

なるほど……なんだかスパイ映画みたいな話になってきたな。

「わかりました。……今日、これからすぐですか？」

まずは、さっきレオン殿下が言ってた〝木偶〟の候補者だよね。

「今日の午後だ。詳細はのちほどヴァンから説明しよう」

「はい。わかりました」

レオン殿下が居住まいを正し、すっと右手を動かし、左胸に当てる。

「これはそなたの手を借りねば成《な》しえぬこと。助力に改めて感謝する、ヴァルナ・リィーン」

軽く顎《あご》を引いてそう述べる殿下の姿に、私は目を見開いた。それは、頭を下げるわけにいかない王族としては、最大限の感謝の姿だったから。

ヴァンさんとシアンさんも立ち上がり、騎士の礼をとる。

彼らの真摯《しんし》な想いを感じ、私も慌てて返礼した。

長い打ち合わせの時間が終わり、休憩を挟んだ午後――

私はヴァンさんと人払いされた廊下を進む。

目立たないよう、ノエルには影に入ってもらった。私も魔術師が着ているみたいな、ドレスが隠れる長さのローブをすっぽり羽織り、ご丁寧にフードも目深《まぶか》に被っている。

これから〝木偶〟の候補者に会って『隷属《れいぞく》契約解除』のスキルを試すのだ。

もしかしたら地下牢みたいなところに行くのかと、内心ドキドキしていたんだけれど、案内されたのは装飾のまったくない、簡素な造りの建物の一画だった。

どこに潜《ひそ》んでいるかもしれない間諜《かんちょう》に、今日のことを知られるわけにはいかない。だから拘束した候補者は、人目につかない部屋に閉じ込めているのだとか。

ヴァンさんに連れられて部屋に入ると、そこには魔術師長さんと数人の青騎士がいた。

互いに礼を交わし、そこで改めてヴァンさんから詳しく説明を受ける。

「今日貴女《あなた》に会っていただきたい〝木偶《でく》〟の候補者は、身柄を拘束された状態でこの奥の部屋にいます」

ヴァンさんがそう言って、部屋の奥にちらりと視線を動かす。そこには頑丈そうな扉があった。

中は取調べ室みたいなものだろうか。

「言葉を交わす必要はありません。部屋に入り、対象者に技の発動をお願いします」

とヴァンさんは続ける。

対象者は長く王城で勤めてきた者で、素行は問題がなく、人柄も信頼に足る人物らしい。その爵位と現在の立場を考慮しても、他国に寝返るメリットはなかった。

つまり、彼は自分の意思で敵に寝返った〝こうもり〟とは考えられない。

地道な調査の結果、〝影〟である可能性もほぼ消えた。

だから、おそらく彼は〝木偶《でく》〟。

私はそっと扉へ視線を動かした。拘束された人がこの扉の奥にいるんだ。考えると緊張で身体が強張《こわば》る。

「本当は、こんな場に貴女を連れてきたくはありませんでした」

ヴァンさんはため息をつく。

私はヴァンさんや魔術師長さん、青騎士達の顔を見回す。

青騎士達が討伐や護衛中に戦う姿を、私は何度も見てきた。

でも——

それだけじゃない。直接剣を使って戦うだけじゃないんだ。

間諜《かんちょう》を調べたり、敵を捕まえれば尋問したり、時には拷問なんてこともしているかもしれない。

公《おおやけ》にできない仕事も、あったかもしれない。

『隷属《れいぞく》契約解除』のスキルのせいで、二つの勢力が水面下でやりあう激しい間諜合戦に関わることになってしまった。今まで彼らが、私には見せないよう注意深く遠ざけていた暗部の一端に触れ、私も先ほどから妙な緊張をしている。

私を気遣うヴァンさんの視線に、私はそっと頷いた。

「大丈夫です。……頑張ります」


ヴァンさんに促《うなが》され扉の中に入ると、そこは家具が何も置かれていないがらんとした簡素な部屋だった。

真ん中に一つだけぽつんと置かれた椅子に、縛られた男の人が座っている。

拘束され身動きのできない男は、ぐったりと椅子の背に身体を預け、深く俯《うつむ》いている。顔は見えず、私には彼の髪が茶色であることしかわからない。

身体に食い込む鎖が痛々しいものの、見たところ怪我はなさそうだ。

もしかして拷問とかされてるんじゃないか、と恐ろしい予想をしていた私は、無傷の姿に内心ほっと胸を撫《な》で下ろす。

まあ、この人は〝木偶〟。『隷属契約』の被害者かもしれない人だ。本人には全く罪はないもの。ひどい扱いをされているわけがないよね。

そう考えて、少し緊張がほぐれた。

私はヴァンさんを見上げる。ヴァンさんは私を励ますように頷き、「お願いします」と促《うなが》した。

怖々《こわごわ》と彼に近付きながら、そっとステイタスを開く。

『言《こと》の葉《は》』は表示されないけど、『服従の契約』なら状態欄に記載があるはず。

―テオドール・アーベル―
HP……278／320
MP……202／231
種族……ヒューマン
年齢……79
職種……ファンテスマ王国　財務府　第三執行部　第二補佐官
属性……【地】
スキル……□□□
称号……□□□
状態……『服従の契約』補正（全パラメータ×0．8）

思わず「あっ」と叫びそうになり、慌てて口を閉ざす。

あった。『服従の契約』。この人が〝木偶〟だ。

うなだれていた男は、私が傍に行くとのろのろと顔を上げ、こちらを見た。

椅子に座る男が目の前に立つ私を見上げたことで、今まで見えなかった口枷《くちかせ》が見え、ついで、彼の首に着けられた無骨な首飾りが露《あら》わになる。

――どくん、と心臓が跳ねた。

魔封じだ。

ギューゼルバーンでの恐ろしい記憶が蘇《よみがえ》る。

押さえ込まれ、手のひらを斬られた痛み。『血の盟約』の魔法陣から立ちのぼる、強い魔力の恐怖。

魔力が使えないと気付いた時の絶望。

圧《の》し掛かる体重、サド王の酷薄《こくはく》な瞳。

男の身体を拘束する鎖が、あの時、手枷《てかせ》をはめられた自分の姿と重なる。

い……嫌だ。こわい。こわい。

ふらりと倒れ込みそうになる私を、ヴァンさんが支えてくれた。

影から、ノエルの心配げな気配がする。

――主《あるじ》――リィーン――大丈夫？――

ノエルに応える余裕もなく、どくどくとうるさいくらい鳴る胸を押さえ、私は荒い息をついた。

「リィーン殿、貴女《あなた》にこんなものを見せるのは忍びないのですが、どうか耐えてほしい。魔封じも口枷《くちかせ》も鎖も、この者の自殺を防ぐための処置なのです」

ヴァンさんの声に、身体の震えが少し治まった。

そうだ。この人は契約で縛られている。「もし捕まれば自殺しろ」とあらかじめ命令されている可能性だってあるんだ。

これは、この人を助けるためのもの。魔封じで声が出せない彼に口枷がついているのも、舌を噛んで自殺を図ることを防ぐため。虐《しいた》げるための拘束ではなく、守るためのものだ。

大丈夫、怖くない。大丈夫。頑張れ美鈴。私は、私のできることをしなければ。

私なら、彼を助けられるんだから。

「すみませんでした。……もう大丈夫です」

がくがくと震える足に力を入れて、自力で立った私は、そっとヴァンさんを見上げて微笑んだ。

ヴァンさんは、私を気遣いながらも静かに手を離す。

私はもう一度拘束された男――テオドールさんを見下ろした。

テオドールさんは目の前で倒れ込みそうになっていた私を、びっくりした顔で見上げている。いつの間にかフードが外れ、私の顔が露《あら》わになっていたようだ。

なぜここに『黒の癒《いや》し手』が、と訝《いぶか》しげな茶色の瞳をしっかり見つめ、私はスキルを唱えた。

『隷属《れいぞく》契約解除』

私を見上げていた彼の目が、さらに見開かれる。

眩暈《めまい》を起こしたのか、ぐらりとテオドールさんの上体が揺れた。椅子に縛り付けられた鎖がぎちぎちと耳障りな音を鳴らす。

私は祈りながら彼を見守った。

緊張に満ちた数秒の後、眩暈が治まったらしいテオドールさんが、ゆっくりと顔を上げた。

何が起こったのかわからないといった顔で、周りを見回している。

私はステイタスを開き、『服従の契約』の文字が消えていることを確認した。

よかった。『隷属契約解除《れいぞくけいやくかいじょ》』は『服従の契約』にも効く。

ほっとして、私はヴァンさんを振り仰《あお》ぐ。

解除に成功したと言う代わりに、しっかりと頷いてみせる。

「お疲れ様でした。……彼を救ってくださり、ありがとうございます、ヴァルナ・リィーン」

ヴァンさんが礼を言い、そっと私を部屋の外へと連れ出した。

入れ替わりに魔術師長さんと数人の騎士が彼のいる部屋に入っていき、扉が閉められる。

この先は、私が聞いていい話じゃないのだろう。

私は一人の〝木偶《でく》〟を助けられたことに安堵のため息をつきながら、ヴァンさんに従った。


後日、レオン殿下からも礼を言われた。

彼の契約が解除されたことで、彼を操っていた間諜《かんちょう》も捕え、情報伝達経路を一つ潰《つぶ》せたらしい。

いったいあの人がどうやって敵に『服従の契約』を結ばされたのか、いつから〝木偶〟となっていたのか、どれだけの情報を漏らしていたのか、間諜は誰だったのか、それから本人には罪はないけど情報を漏らしていたことは確かで、だから彼の今後の立場はどうなるのかとか、気になることは多い。

すごく聞きたかったけれど、これ以上はきっと重要機密になるんだろう。

だから説明は何もしてもらえなかった。だけど、〝木偶〟だったテオドールさんの感謝の言葉だけ伝えてくれた。

「貴女《あなた》に永遠の感謝を。ヴァルナ・リィーン」

テオドールさんの感謝の言葉は、とても重かった。

〝魂《たましい》に刻み込まれた誓いや契約は決して解除できない〟

だから今まで保護した〝木偶〟は殺すしかなかった。どんな命令を受けているかわからないので、生かしておくだけでも危険なのだ。

〝木偶〟にされながらも意識はあったテオドールさんも、青騎士に拘束された時、死を覚悟したのだそうだ。今まで敵に操られ情報を漏らすしかなかった自分を歯がゆく思っていたから、これでやっと死ぬことができると、諦めと共に安堵していたのだと。

まさか契約が解除でき、命が助かるなど、彼には思いもよらぬことだった。

だからこその感謝の言葉。

ガイアはこのスキルをくれたとき、こういう事態も想定していたんだろうか。

この世界の人には誰も――魔王様であるノーチェですらできない〝隷属《れいぞく》契約の解除〟を、私だけができる。

ガイアが話のついでとばかりに「あ、これあげちゃうね」くらいの軽さでくれたスキル。これでリリアムを解放してあげてと言った時だけは、心が籠《こも》っていたけどね。

私も、新しいスキルゲットだとか、リリアムを助けてあげられるなら嬉しいなとか、私の価値がまた上がっちゃうな、なんて安易に考えていた。

リリアムの解放にはレオン殿下やヴァンさん達の協力が必要だった。だから、私が彼らにこのスキルについて話すことだって、ガイアにはわかっていただろう。

ヒューマン達がこのスキルを利用しないはずがないことも。

今まで決して解除できなかった隷属契約を、たった一人が解除できる。

これが公《おおやけ》になった時、どれだけの騒ぎになるか。

このスキル一つで、間諜合戦のあり方が大きく変わるのだもの。

敵からすれば、私はすごく迷惑な存在だ。もしかしたら刺客《しかく》とかが送り込まれてくるかも。

対処方法がある私には〝木偶《でく》〟の鉄砲玉では意味がない。〝影〟の……本職の暗殺者がたくさんやってくるかもしれない。

ガイアはあの時〝君の周りにはきっとこれからも誘拐犯や暗殺者なんかがいっぱい来るだろうからね〟なんて言ってこのスキルをくれたけど、逆だよね？　このスキルのせいで暗殺者、増えるよね？

やっぱり、ガイアって何を考えてるのかわかんないや。

とりあえず〝一発殴ってやるリスト〟にこれもしっかり追加しておいた。


スパイ映画のような経験をした翌々日。

アグネスが久しぶりに、私の屋敷に泊まりに来てくれた。

ノエルとクモンと一緒にサロンで寛《くつろ》いでいた私は、アグネスが部屋に入ってきたとたん、彼女に飛びついた。

アグネスは私の大親友で、ヴァンさんの娘だ。

コルテアから一緒に王都に戻ってきたのだけれど、ヴァンさんは城の青騎士団宿舎で暮らしているから、アグネスは独り暮らしになってしまう。

部屋が決まるまではここにいてほしいと私が頼み、ついこの間までうちの客室に泊まっていた。

ほんとはずっといてほしかったものの、魔力が二等級しかないアグネスには、この屋敷での生活は厳しいのだ。

うちだけじゃなく上流ゾーンにある屋敷は皆、セキュリティのため魔力を注ぐことで開く扉が多い。魔力で個体認証しているってわけ。魔道具も多くて、生活する上でいちいち魔力が必要になる。

数日泊まるだけなら扉の開け閉めくらい、侍女の誰かが補助すればいい。でも、長く暮らすとなると自由に動き回れないのは辛いからね。

それで二等級のアグネスでも住みやすい、中流ゾーンでの住み込みの仕事を探していたのだ。

経済的には別に働かなくてもいいのだけれど、アグネスは独立した一人の人間として、ずっと仕事をしていたいんだって。

そういう男前なところも、彼女の魅力だ。

アグネスは貴族としての教育を生かして、中流ゾーンの平民の屋敷での家庭教師や、刺繍《ししゅう》や裁縫の仕事などを探していたのだそうだ。

コルテアでは宿屋で働いていたものの、あれは本来なら貴族の娘がする仕事じゃない。

あの時は旦那さんと息子さんが亡くなった直後で、塞ぎがちになるアグネスができるだけ人と交わる仕事に就いていたかったからこその仕事チョイスだったわけで。

新しい仕事は中流ゾーンの屋敷で、住み込みの家庭教師らしい。

数日ぶりに会うアグネスと抱き合って挨拶を済ませると、私はさっそく問いかける。

「どう？　新しい仕事は」

「まあ新しい仕事ったって従兄弟《いとこ》の娘相手だからね。気楽なもんさね」

アグネスはまさに男前、と言いたくなるようなかっこいいしぐさで肩を竦《すく》めてみせた。

「お母さんの、弟の息子の娘……だっけ？」

頭の中の家系図をたどるように確認する。

「そう。九歳。かわいいもんだよ」

アグネスのお母さん――ヴァンさんの亡くなった奥さんのユリアさんは平民だった。

ユリアさんの実家は王都中流ゾーンにある、大きな商家なのだそうだ。

で、そのユリアさんの弟の息子、つまり、アグネスの従兄弟が今の当主。その人の今年九歳になる娘さんが、いずれ上流ゾーンで侍女の仕事に就くために家庭教師を探していて、アグネスに声がかかったらしい。

平民の娘でも、貴族の屋敷で仕事に就けるんだ。

そう尋ねると、アグネスが説明してくれた。

王宮や上位貴族の屋敷では、上位から中位貴族の子女が側近や侍女として働いている。そして、中位の貴族の屋敷なら中位から下位貴族というように、雇用者と同格か少し下のランクの者が被雇用者となるのが一般的なわけだ。

だから下位貴族の家であれば、身元に問題がなくちゃんとした教育を受けている人であれば、平民の娘でも侍女の仕事ができるってこと。

ちなみに召し使いや下働きには、もっと低い身分の者がなる。王宮だって、魔力があって身元が確かであれば平民でも働ける。これはあくまでも侍女や乳母《うば》、家庭教師なんかの話ね。

青騎士であるヴァンさんの親戚なら身元は確かだから、良いところへ就職ができる。そうすれば貴族に見初《みそ》められて結婚できるかもしれない。それでなくても、貴族の屋敷での職務経験は箔《はく》がつくから、条件のいい結婚相手も見つけやすくなるものね。

アグネスの従兄弟の娘さんは、ある程度アグネスに教えてもらってから、ヴァンさんの紹介で下位貴族の屋敷に行儀見習いをかねて侍女として働きに出される予定なのだそうだ。

という事情で、貴族の家庭教師を探していた先方と、コルテアから戻ってきて中流ゾーンでの住み込みの仕事を探していたアグネスの双方の希望が合致し、アグネス先生の誕生というわけ。

ヴァンさんも独りで暮らすことになるアグネスを心配していたけど、従兄弟の屋敷に住むなら安心だよね。

「っていうかさ。アグネスが貴族っぽい話し方しているのって想像つかない」

私は、アグネスがちゃんと貴族らしい話し方をしているところを見たことがなかった。だから、ほんとに家庭教師をできるのかな、なんて思っていたんだけど……

「まあ、リィーン様。お戯《たわむ》れを」

アグネスがびっくりするほど美しい所作で、口元を手で隠して笑う。うわっ、貴族だ。お貴族様がいる。

たしかにアグネスは普段ぞんざいな口調だけど姿勢は綺麗だし、身のこなしもどこか洗練されている。こういう所作ができる辺り、やっぱり貴族なんだな。

尊敬の眼差《まなざ》しで拍手を送る私に、アグネスは「ははん」とばかりに肩を竦《すく》める。

「そりゃあ貴族としての嗜《たしな》みだもの。中流ゾーンで暮らしててもね、子供の頃から家庭教師にみっちり教えられたさ」

そうか。小さい頃からの躾《しつけ》って大切なんだな。

「住み込みだと、なかなか会えなくなっちゃうね」

宿屋の仕事は、最初は私がそこに住んでいたからほぼ毎日アグネスに会えていた。コルテアに屋敷ができてからも、休みがあれば泊まりに来てくれていたっけ。

「これからも休みにはうちに泊まってね」

私はそうアグネスにお願いをする。

「もちろんさ」

アグネスも受け合ってくれた。

「ありがとう。でも、寂しいなあ」

アグネスは屋敷から出ていっちゃったし、クモンは……

私は、女二人の会話に時々突っ込みを入れながらも楽しげに聞いていたもう一人の親友、クモンを見た。

「クモンも、もうすぐコルテアだもんなあ」

頷きつつ言うと、アグネスも同じように頷く。

「クモンがいなくなると寂しくなるねえ」

クモンはコルテアの領民だから、じきにコルテアに帰ることになっている。クモンがこれから王都に来る機会はあまりないだろう。

私は今後コルテアに行く用事があるけど、アグネスはない。だからアグネスとクモンが会うチャンスって、すごく少なくなると思う。それが寂しい。

「まあな。王都まで来ることなんてそうそうないだろうからな」

クモンがそう言えば、アグネスは発破《はっぱ》をかける。

「さっさと強くなってランクアップするんだよ。そうすれば王都まで来る護衛や配達の仕事だってあるさ」

「おう。そうだな。まかせとけ」

クモンはDランクの冒険者だ。駆け出しからやっと中堅に差しかかった辺り。

彼は少し考えて、付け足した。

「まあ、生きてりゃあいつでも会えるさ」

魔獣がいて、旅が死と隣り合わせだし、魔力等級によって人の寿命が大きく違う。そんな世界に住む者の言葉は、重い。

「うん。会えるうちに会っておかないとだめだよね」

私も会いたい人には会いに行こう。ノエルに乗ればコルテアなんてあっという間。それに魔界にだって、魔族のノエルになら連れて行ってもらえる。

そう思っていると、クモンがしみじみと頷く。きっとクモンも、離れている知り合いのことを考えているんだろう。

そこでふと気になり、私はクモンに尋ねた。

「そう言えば、けっこう冒険者の仕事してないよね。資格とか大丈夫なの？」

コルテアを出たのが三月の初旬。旅の準備もあったし、月初からはほとんど仕事をしていなかったはず。

クモンは従者として雇われて王都に来ているので、王都の冒険者ギルドでは仕事をしていない。王都に来てからは屋敷の下働きや、時々青騎士の手伝いに駆り出されて過ごしている。

次のコルテア行きは半月後の予定なので、冒険者としては実に二ヶ月以上の長期休暇だ。

「ギルドへの貢献度が上がらねえだけで、数ヶ月の休みじゃ剥奪《はくだつ》はねえよ」

そっか。少しサボったからってギルドをクビになるわけじゃないんだね。

「屋敷でも休憩中の騎士達が稽古《けいこ》をつけてくれっから、身体が鈍《なま》るってことはねえしな。多少活動が開いても問題ねえ。ってか、正騎士様に稽古つけてもらえて、オレ、前よりずっと強くなってる」

自信ありげなクモンの姿に、アグネスが「若いねえ」って肩をバンと叩いてちゃかす。

二人がじゃれあう姿は姉弟みたいだ。

休憩中の青騎士達も私達の会話を聞いていたらしく、ウェッジさんがにやりと笑っている。ホルガーさんは「いつでもいいぞ」なんて自分の剣を叩く。

クモンは平民。だけど、騎士達は弟のように接してくれていて私も嬉しい。

「冒険者の仕事は急がねえでもいいかって思ってるんだ。この旅で稼がせてもらえたし、こうやって稽古もつけてもらえる。焦ってCを目指すより、強くなる方がいい……それに休暇ついでに、コルテアに帰ったら一度、カミヤズルにも行ってみようかと思ってんだ」

ひとしきり騒いでから、クモンがそう口を開いた。

「お母さんがいるんだっけ？」

カミヤズルとは、クモンの出身地であるマイノ村の隣村。クモンの育った村は、今はもうない。スサウゴテルスという巨大な魔獣がクモンの住んでいたマイノ村を襲い、壊滅《かいめつ》状態となったのだ。

自警団長だったお父さんは皆を守って亡くなったけど、お母さんは健在らしい。

男手がほとんどいなくなったマイノの村はまだ復興できず、お母さんはカミヤズルで暮らしている。今お母さんが身を寄せている家は、クモンのお父さんの叔母《おば》さんにあたる人が家族と住んでいるのだとか。

「小さな従兄弟《いとこ》がいてな。やんちゃでよ。可愛いんだわこれが」

「へえ」

カミヤズルの村人なら、もしかしたら去年の夏に会っているかもしれない。あの時は魔獣討伐があった。血まみれのヒュージさん達を治療して、そのあと魔力の使いすぎで昏倒《こんとう》しちゃったり、殿下との会談があったりと立て続けにディープな経験をしたのだ。それで、もうすんごくテンパっちゃってたから、村の人の記憶ってあんまり残ってないんだよね。

クモンの従兄弟かあ、ちょっと見てみたいかも。

クモンは一人っ子だから、その子を小さな弟みたいに可愛がっていたのだそうだ。マイノを出るまでは、ちょくちょく会いに行っていたんだって。

とすると、もう一年近くは会っていないことになる。子供にとって、一年は長いよね。

「早く会いに行かなきゃ忘れられちゃうよ」

「おう」

可愛い従兄弟に忘れられているかもしれないと想像して、クモンが顔をしかめている。

すると——

クモンに言った私の「忘れられる」という言葉に、大げさなほど肩を落とした人がいた。ホルガーさんだ。

一般騎士達の中で、初めから私の護衛担当だった八人——ヒュージさん、ウェッジさん、ティークさん、ジュエさん、ヴェーダさん、ガッシュさん、マイクさん、ホルガーさんは、いつも傍にいてくれていることもあり、私とはかなり仲良し。

今は護衛といえば何十人もの騎士達がぞろぞろと周りを取り囲むようになってしまったけれど、基本的に一番近くにはこの八人の誰かがいてくれる。

ホルガーさんはその八人の中で、一番身体が大きい。

長身なだけじゃなくて、鎧《よろい》の上からでもわかるごつごつと盛り上がる筋肉と強面《こわもて》の顔、レゲエかと思うほどの茶髪のちりちりウェーブの持ち主。そんな見た目が漫画に出てくる〝最初にやられる悪漢〟っぽくて、私は内心ひそかに〝世紀末ヒャッハー〟と呼んでいた。もちろん本人には言わないけどね。

でも、その強面とは裏腹に、内面はとても穏やかな人なのだ。

ギューゼルバーンの事件のあと男性恐怖症になっていた私は、ホルガーさんの身体の大きさがすごく怖かった。彼もそれがよくわかっていたのか、いつもできるかぎり私と距離をとってくれていた。

だから今でも八人の中では一番会話が少なくて、彼の私生活にはあまり詳しくないのだ。っていうか、青騎士達の私生活って、全然知らないかも……

「まあ、なんだ。がんばれ」

そのウェッジさんの言葉と、彼に肩を叩かれてうなだれているホルガーさんの姿にきょとんとしていると、ウェッジさんがおどけた調子で教えてくれた。

「こいつ、四年ぶりにあった我が子に忘れられてて、大泣きされたそうなんですよ」

「うわあ、それは……」

そういえば、ホルガーさんって八人中唯一の妻帯者だったっけ。へえ、子供もいたんだ。

アグネスとクモンも「父様がんばれ」とか「父様、気を落とさないで」なんて言っている。

ホルガーさんは、子供が産まれてすぐにコルテア行きになっちゃったんだって。あ、娘さんだそうです。

それから四年間、子供に会えるチャンスがなかった。

自分の屋敷に戻って家族と対面し、四年ぶりに会う我が子を抱き上げたとたん、子供がぴきっと固まり、そのあと大音量でぎゃん泣きされたのだそうだ。

子供からすれば、赤ちゃんの頃に会っただけのお父さん。覚えているわけはない。

不在の四年間は、奥さんがホルガーさんの姿絵を見せて、「これがお父様ですよ」ってずっと教えていたらしい。だけど、小さな姿絵で覚えた父親の姿は、実際に見ると二メートル越えの世紀末ヒャッハーで……そりゃあ怖いよね。うん、わかるよ。

でも、ギャン泣きされたお父さんは可哀想だ。

それからも、全然話してくれないし、「とうさま」とも呼んでもらえない。

ホルガーさんが部屋にいるとずっと母親のドレスの裾の陰に隠れ、怯《おび》えたように見つめているのだとか。

それはそれで、まるで慣れない猫みたいで可愛いのだけれど、早く親子らしい触れ合いが欲しい……と、ホルガーさんは大きな身体でうなだれながら話した。

ん？　でも、もう王都に戻ってきてひと月だよ？　さすがに子供だって慣れない？

そう疑問に思って聞いてみたところ、ホルガーさんは青騎士団宿舎で暮らしているから、休みが取れた日に家に戻るだけで、まだ数回しか会ってないのだそうだ。

ひと月で数回か……それじゃあ慣れないのもしょうがないかも。

クモンも同様に思ったのか、ホルガーさんを力づけるように語りかけた。

「じき慣れてくれますよ、きっと」

「家族の触れ合いを増やすとか」

私がそう提案すると、なおさら凹《へこ》んだ様子のホルガーさんがぽつりと話し出した。

「俺とは話してくれないんですが、〝どうさま〟とは話してるんです」

へ？　ホルガーさん以外に〝どうさま〟がいる？

一瞬何のことかわからなかったけど、はっと気付いた。

――四年間の旦那不在。残された新妻。子供が慕う〝どうさま〟……

えーーーー！

昼ドラ？　昼ドラですよ、奥さん！

私、つい一昨日《おととい》はスパイ映画の世界を体験だったんですが、次は昼ドラ展開？

悲しげに目を伏せ俯《うつむ》くホルガーさんの姿を見て、どきまぎと視線を泳がせる。すると、困惑の表情を浮かべたアグネス、クモン、ウェッジさんと目が合った。

きっと、みんな同じことを考えている。

この時、私とクモン、アグネスは固まって座っていて、ウェッジさんとホルガーさんは、ほんの少し離れた位置に座っていた。

鍛え上げられた恐るべき騎士の身体能力を遺憾なく発揮したウェッジさんが、音も立てずに一瞬でその距離を詰め、私達の輪に加わった。

うなだれるホルガーさんに気付かれないよう、私達は顔を寄せ合い、身振り手振りしつつ囁《ささや》き声でひそひそと話し合う。

――ちょっと。誰か聞いてみてよ――

アグネスが目配せをする。

――ウェッジさんでしょ――

クモンはキラーパスを放つ。

――ここはリィーン殿が――

ウェッジさんも華麗に私にふる。

――いやいや結婚経験者のアグネスで――

私はアグネスに打ち返した。

こそこそと小声で繰り広げられる四人の会議には気付かず、この世のすべての不幸を集めたと言わんばかりの悲しげなため息と共に、ホルガーさんが口を開いた。

「寝る前に顔を見ようと娘の部屋に行ったら、部屋から娘の声が聞こえたんです。『今日は先生からおじぎが上手だとほめてもらいました。お休みなさい、とうさま』って」

慌ただしく視線が交差する。

——部屋にいるって……いるって——

アグネスが盛り上がりすぎて、噴き出しかけてる。

——ちょっ、これ、オレも聞いていいんすか？——

平民のクモンは、貴族様のスキャンダルに焦っている。

——今更逃げられないでしょう——

私がクモンに言う傍で、ウェッジさんもディープな展開に戸惑い気味だ。

——ってか、ヴァンさん達に相談した方が——

そうよ、頼れる上司がいるじゃん。

そんな私達の密やかながら白熱した会議は、続けられたホルガーさんの台詞《せりふ》で終わった。

「我慢できなくて扉を開けたら、娘が俺の姿絵に話しかけていました」

「姿絵かよっっ!!」

その瞬間、みんなの声がハモった。

「は？」

四人に突っ込まれたホルガーさんが、きょとんと私達を見る。

もう、さっきまでの緊張を返してよ。

ああ、なるほど、姿絵ね。

奥さんがホルガーさんの姿絵を娘に見せて「これがお父様ですよ」って教えてたんだっけ。

だから、子供なりにお父さんとの会話をしてたんだ。姿絵相手に。

奥さんの教育も、子供の情操的にも間違ってはいない。……いないけれど。ホルガーさんのしょげた姿と、今の自分達の焦り具合がおかしくて。

「あー、オレ、変な汗かいちまった」

クモンのその声に、私達も大きくため息をつき、そして……笑ってしまった。

「姿絵って……」

アグネスなんて涙目になって、じゅうたんをバンバン叩いて笑っている。

「きっと、そのうち慣れてくれますよ。きっと」

ひとしきり笑った後、私もそうホルガーさんを慰《なぐさ》めた。

そんなことを言ってすぐ、ふと思いつくことがあった。

「じゃあさ、次の食事会に青騎士達の家族も招待するってどう？　家族同士交流すれば、他にも子供がいるでしょう？　娘さんも少しは緊張がほぐれてお父さんと仲良くできるんじゃない？」

つまり、逆父兄参観だ。

お父さん達の職場に子供を呼んで、お父さんのお仕事を見てもらうってやつね。

数日後に青騎士達と我が家で食事会を催《もよお》す予定だったから、ちょうどいい。

「それはいいね。子供同士仲良くなったら、自分のお父さんの話もするだろうさ」

アグネスも賛成してくれた。

「じゃあフォルトナーさんに相談して、ヴァンさん達にも話しておくね」

青騎士達は四年もの長い間、家族と離れてコルテアにいた。その間、家族達はすごく不安だったと思う。だってコルテアは、ギューゼルバーンとの戦争の最前線だったんだから。

なので、その家族達への慰労《いろう》の意味でも、今回の食事会はいい機会じゃないかな。

それにさ、いつもかっちりした青騎士達の私生活を垣間見られるのも楽しいしね。

あ、そうだ。婚約をしている騎士は、その婚約者にも来てもらったらいい。

ヒュージさんはクリスさんと婚約中。クリスさんは私の侍女ではなく、ヒュージさんの婚約者の立場で参加だ。

で、実はウェッジさんも婚約中らしい。

コルテアに行く前から婚約していて、無事に戻れたら結婚しましょうという話だったんだって。

その話を聞いた私は飛び上がった。うおっとテンションが上がる。

「え？　それって『俺、この戦いが終わったら結婚するんだ』ってやつ？」

「……何をそんなに盛り上がってらっしゃるのかわかりませんが、まあそういうことですね」

ウェッジさんは不思議そうに答えた。いやあ、だって、それって死亡フラグじゃん。

「無事生きて帰れてよかったですね、ウェッジさん！」

思わず拳を握ってお祝いしてしまった。巨大な死亡フラグを回避できてよかったね。

「何なんですかいったい？」

「あのですね、世の中には、その言葉を言うと近く死んでしまうと伝えられている言葉があるんです。特に『俺、この戦いが終わったら結婚するんだ』と、『ここは俺にまかせて先に行け』と『こんな危険な場所にいられるか。俺は部屋に戻るぞ』は大変危険な言葉なんですよ」

物語でこの台詞《せりふ》を口にする登場人物は、高確率で死ぬんです。主人公に婚約者や家族の姿絵を見せたり、故郷の空を語ったりするのもだめ。あ、あと、「国に戻ったらどこそこの店に行って飲み明かそうぜ」なんて約束系もだめ。

そう熱く語る私の剣幕に、ウェッジさんやアグネス達は若干引き気味だ。

でもそのあと、クモンが「俺、この戦いが終わったら結婚するんだ」と妙に力のこもった台詞回しを披露し、みんなで笑った。

翌日。闇の日——月曜日は、診療所に行く日だ。

今までの一ヶ月の間にも、不定期ではあったけど、肩慣らしとして何度か診療所に通っていた。そのおかげで、少しは王都診療所の空気にも慣れてきている。

診療所で働く癒《いや》し手や従者達は、さすがに王都だけあって優秀な人達ばかり。私も勉強になることが多い。

コルテア診療所の人達は、私が『ガイアの娘』だと認められる前からの同僚であるため、今も結構きさくな付き合い方をしてくれる。だけど、ここの人達が出会った私は最初から『魔王の半身候補』かつ『ガイアの娘』で、男爵家当主。そのせいでかなり丁重に扱われているのが、少し寂しい。

とはいえ、それも仕方ないことだとわかっている。

だってさ、私の立場って公《おおやけ》にはただの女男爵だけれど、魔王の半身候補でもあり、ヒューマン間においてはファンテスマ王家に次ぐ立場として扱うことになっているのだ。魔族達が同席する場合には、魔界への敬意を表すため、王族達も私に敬語を使う。

だから、普通に接してくださいと彼らに頼めば、かえって向こうの立場を悪くしてしまう。

たとえばレオン殿下に、「これからは友のように私と接してほしい」なんて言われてもさ、「おっけー、よろしくレオンくん」みたいな対応はできないでしょう？　そういうことだ。

とまあ、話はずれちゃったけど、王都診療所の人達は私を王家に次ぐ立場と見なして接するってことね。

それでも、癒《いや》しの術や身体の構造の話などについて意見交換ができるくらいには、お互い慣れてきた。

王都に来てからのひと月は忙しくて不定期にしか来れなかったのだけれど、そろそろ状況も落ち着いたので、今後は毎週通うことになりそう。

やっとスケジュールが安定してきたな。

コルテアでは週三日勤務だったものの、王都に来て私の仕事も増えたため、診療所での仕事は週に二日、闇の日と火の日に減った。これは、日本の月曜日と火曜日にあたる。

すでに、私目当ての診療の予約が多いのだとか。

先日のお披露目《ひろめ》を経《へ》て貴族の一員として皆に周知されたことで、王都でもたくさんの貴族から接触があったようだ。

「ようだ」と言うのは、私が直接対応してないから。全部レオン殿下やフォルトナーさん、青騎士達任せだからね。

贈り物は後を絶たない上に、レオン殿下が断ってくれているけど、面会の希望やパーティ、茶会への招待もものすごい数なのだとか。

私にはこの世界で出世したいという野心はないから、貴族達と仲良くしたいとは思えない。なので、こういったお誘いはぶっちゃけると面倒なだけだ。

それをわかっているレオン殿下や青騎士達が心を砕いていてくれて、私はとても感謝している。

面会を断られたことで、貴族達はどうにか私に会えないかと考えたのだろう。それが診療所への予約に繋がっている。それも、ちょっとした体調不良程度の患者さんばかり。

つまり、診察の時間を使って私と知り合いになろう、というわけね。

まあ、気持ちはわかるよ、うん。

でも……

今日の患者は、さすがに引いた。

デーメル男爵という貴族が診察室に入ってきた瞬間、私を見てこう叫んだのだ。

「これほどお美しい方とは……まさにガイアが与えたもうた神秘の美貌ですな」

いきなりのことに、診察室にいた私や青騎士、従者達も一瞬声を失ってぽかんとしてしまった。

いや、私だって自分をブサイクだと思っているわけじゃないよ。だけど「神秘の美貌」なんて言われるほどの美形じゃないことは、よく理解している。

だから、ここまで褒められるとかえってテンションが下がってしまう。

「……ありがとうございます。こちらにお座りください」

とりあえず礼を言いながら、患者用の椅子に座るよう促《うなが》す。すると、彼はまた大げさに両手を広げて声を張り上げた。

「お声もお美しい。まるでガイアの御許《みもと》に集《つど》う、清らかな精霊の囁《ささや》きを思わせる声音だ」

まともに相手をしていると、延々と美辞麗句を聞くことになりそうだ。

私は、仕事モードの口調でさっさと話を進める。

「では、治療を始めさせていただきます。体調がすぐれないとお聞きしましたが、どこか具体的に辛いところはありませんか？」

「『黒の癒《いや》し手』様に治療していただけるとは、まことにありがたいことでございまして……あ、ええ。そうですな。このところ公務が忙しくて、疲れがとれないのでございます。ええ、私ほどの者になりますと、なかなか休むわけにもいきませんのでね」

「なるほど」

「私は陛下直々にお声をかけられて……」

言葉を連ね始めた彼に、見かねた従者が注意の言葉をかける。

「デーメル男爵。癒し手の集中を妨げてしまいますので、診察中はお静かにお願いいたします」

私は従者の彼に感謝の視線を投げかけた。

ところが、治療が始まっても、この患者は私の言動のひとつひとつに大仰な感想を述べる。

何度も「お美しい」だの「さすがは『ガイアの娘』」だの、「魔王陛下との御縁は……」とか。

うん。まあね。褒めていただけるのは嬉しいんだけど、ちょっと言いすぎだよね。

私の気持ちにはお構いなしなんだもの。

なんて言うのかなあ。なんだかなあ、もう。……ちょっとうざい。

――うざいって？――

私の後ろに座るノエルから、不思議そうな念が届く。

私とノエルは心が繋がっている。だから、私の考えていることがノエルにはわかるんだけど、この世界にない「うざい」って言葉のニュアンスは、うまく伝わらなかったみたいだ。

この世界にない言葉をちゃんと説明するのって難しいなあ。こういう時に翻訳の限界を感じる。

なんて言うんだろう？

〝うっとうしい＋わずらわしい＋面倒臭い＋うるさい＋じゃまくさい〟くらいの感じ？

なんとなく理解したのか、ノエルが問いかけてきた。

――殺す？――

「駄目だよ。殺さないよ」

慌てて振り向いて、思わず声に出してしまう。幸いなことに、患者には聞こえなかったみたい。

でも、すぐ傍にいた従者が少し目を見開いた。

ノエルは私を見下ろし、こてんと首を傾げた。くっ。可愛い。……じゃなくて。

いつも、できるだけ人を殺さないように言い含めているにもかかわらず、ノエルは時々こういうことを平気で聞いてくる。

私のことだけが大好きなノエル。それはそれですごく嬉しいのだけれど、私の周りの人達とはもうちょっと仲良くなってほしいな。

そんな風に思いながら、ノエルの鬣《たてがみ》をそっと撫《な》でた。

「デーメル男爵、診察は終了いたしました。お疲れ様でございました」

私の傍で控えていた従者が、患者に声をかける。

デーメル男爵は従者に促《うなが》され部屋を出る瞬間まで、なにやら私を賛美する言葉を叫んでいた。

「お疲れ様でした。強烈でしたね」

今日の護衛を務めていたティークさんが、苦笑交じりにそう言う。

私もそれに苦笑を返す。

貴族は基本的に調略や策略がお家芸。一見にこやかに会話をしていても、内心では何を考えているかわからない……はずなんだけどね。今日のデーメル男爵は、すごくわかりやすかった。

……おそらく、私が舐められているんだな。

私は元平民の子供で、常識に疎《うと》い。だから、褒めておけば喜ぶだろうくらいに思われたんだろう。

私については、噂だけが先行している。それでいて肝心の私の周りはガッチリと守られているため近寄れず、人となり自体はあまり知られていない。

パーティで直接会った人達もいるけど、彼らへは何を言われても言葉少なに答えていた。茶会や面会のお断りも、私じゃなくて周りが回答している。

そのせいで、大人しくて主体性のない子供だと思われているのかもしれない。

周りが何もかもを決め、私はただそれに従っている愚かな娘だと。

これはあんまりよくないよね。そこまで舐められていては、与《くみ》し易《やす》いやつだと思って私を利用しようとする人が増える危険がある。

もっと私が……私自身が手強いと思わせないと。

以前から何度もそう考えているのに、ついおろそかになってしまっていた。

「お前も消し炭になりたいか！」くらい言ってみる？　駄目だね。似合わなさすぎる。

見た目に迫力がないのも問題なのかな。

……うん。私が貴族達とちゃんと向き合っていないからだ。彼らと積極的に関わるつもりはないけれど、せめて対応する時は自分の言葉で話すべきだった。

さっきの貴族は、何が私に有効か見定めようとしていたんだと思う。

だって、最初は容姿やドレス、髪の美しさについての褒め言葉が多かった。だけど、それが私の心に〝ささらない〟のがわかったのか、その後は魔王との縁をメインにして、最後は癒《いや》しの術しか褒めなくなったもの。

なんだか、反省することばっかりだなあ。

リリアムには「自分で立って、自分で考えるようになってほしい」なんて上から目線で思ってたのに、結局私だって自分で何にもできてないな。

うん、これからは人前に出る時くらい、きちんと自分の言葉で応対するようにしよう。

翌日の火の日も診療所の仕事をつつがなくこなし、その翌々日。

楽しみにしていた、我が屋敷での食事会の日がやってきた。

ヴァンさんとシアンさんも参加で、任務に就いていない青騎士は顔を出してくれる。

青騎士の家族達の招待は四日前に急遽《きゅうきょ》決まったことだったから、そんなに集まれないかと思っていたのだけれど、たくさんの人達が来てくれた。

奥さん達や婚約中のお嬢さん達も参加してくれたおかげで、女性の多い、華やかな会になりそう。

騎士は貴族の子息のうち、領地を継げない次男坊以下の者がなる。とはいえ王都正騎士である青騎士は人気もあり給金も高い。

婚約者がまだ決まっていない娘がいる貴族からすれば、王家の覚えめでたい正騎士は、娘の結婚相手として申し分ない。

正騎士には、青騎士の他に白騎士、黒騎士、赤騎士がいる。だけど、めぼしい独身騎士は引く手あまたで、王都にいる適齢期の騎士はだいたい狩り尽くされたあと。

そんな中、青騎士達が戻ってきた。そこには、四年前には適齢期に少し早かった者も含まれているわけだ。

未婚の娘がいる貴族は、帰ってきた彼らに期待を寄せた。

というわけで、青騎士は王都貴族の婚活市場での、今一番ホットなターゲットなのだ。

今日来てくれた女性達の中には、ウェッジさんのお相手のように四年前からの婚約者だけじゃなくて、このひと月あまりで急遽決まった婚約者も数人いた。

私はお客様を入り口で出迎え、挨拶を済ませる。

同じ騎士団に所属しているのだから、家族もそれぞれ付き合いがある。知り合い同士挨拶を交わし、子供や婚約者などの新顔を紹介しながら、和《なご》やかに食事会は始まった。

料理長が腕によりをかけた美味しい食事を済ますと、食事会に参加した面々はサロンへ移動。

じゅうたんに座った女性グループの明るい声が聞こえる。

集まっているのは嫋《たお》やかな美女や奥ゆかしそうな若奥様、きりりとしたお姉様、まだ一〇代にしか見えない少女と幅広い。

クリスさんと、ウェッジさんの婚約者のロジーナさんもそこに座っている。

これだけ女性が集まっていると、サロンが華やかでいいわ。

私もその女性グループの中に一緒に座って、話をした。

少し年齢の高い奥様達が、騎士の妻の心得とか、家の切り盛りについて、若い女性達にアドバイスをしている。

騎士の仕事は「戦う」こと。そのため、戦《いくさ》があれば率先して赴《おもむ》く。魔獣討伐もあるし、時には護衛対象をその身を挺《てい》して守らねばならないことだってあるだろう。

朝、笑顔で見送った人がそのまま帰ってこないかもしれない。大怪我を負うことだってありえる。

「騎士の妻は、心が強くなければなりませんの」

一般騎士の奥方らしい女性がそう語ると、夫人達はみんな思うところがあるのか、しみじみと頷いていた。

婚約中の若い女性はこれからの参考にするためか、緊張した面持ちで聞き入っている。

そんな彼女達に、先ほどの奥方が続けて言葉をかける。

「わたくしは父も騎士でしたの。ですからわたくしも、きっと騎士の妻になるのだと思っておりました。母からは、使用人がいなくても困らないように、馬の世話や怪我の手当てを一通りは仕込まれましたわ」

旦那さんが怪我をして帰ってくることもあるからか。うわあ、騎士の妻って強い！

「そうね。血糊《ちのり》のついた服を洗うのも、上手くなりましたわ」

いわゆる〝騎士の妻あるある〟なのか、他の夫人も頷きつつ話している。

騎士は給金も高いし、貴族出身なので大概のことは使用人がやってくれるけれど、夫人自らが動くことも多いんだって。

通いの使用人が帰ったあとで旦那さんが帰宅することもあるため、一通りのことは夫人ができるよう、日頃から練習しているんだそうだ。

「わたくしにもできますでしょうか……」

クリスさんがそう心細げに話す。

「どっしり構えていないといけませんわ。貴女《あなた》が不安がると屋敷の者達も怯《おび》えますから」

先輩の奥さんの励ましの言葉に、他の夫人達も優しい笑顔で頷く。

クリスさんは私の侍女としてコルテアから付いてきてくれた人だ。王都には彼女の家族はいない。

不安になる時だってあるよね。

今日は、頼りになる先輩ができてよかった。これで少しでも、クリスさんの助けになればいいのだけれど。

婚約者ってのは実のところまだ他人で、その立ち位置は何かあればすぐに揺らぐ。私は、そんな不安定な状態を四年も続けることになったウェッジさんの婚約者、ロジーナさんに話しかけた。

「ロジーナさんも不安だったでしょう？」

だって、婚約者が戦《いくさ》の最前線に行ってしまったんだもんね。婚約中に離れてしまったロジーナさんは、覚悟ができている奥方達よりももっと怖かったかもしれない。

結果的に四年で帰ってきてくれたけど、いつ戻れるかすら、わからなかったんだから。

ロジーナさんは少し戸惑い気味に答えた。

「いえ、そういうわけでも。……ウェッジ様とは数回お会いしただけでして、こう、お慕いしていますというところまで、まだいっておりませんの。婚約は双方の家の取り決めのようなもので。ですので、お戻りになるまでに何年もかかってしまって私の年齢が上がることの方がずっと不安でしたわ」

この世界は、魔力が高ければ高いほど寿命が長い。

私みたいに一〇等級もあれば、寿命は四〇〇歳くらい。レオン殿下や癒《いや》し手のジンさんは六等級で三〇〇歳、五等級のヴァンさんやシアンさんは二〇〇歳。

四等級からはぐっと短くなって一二〇歳、三等級が一〇〇歳、二等級だと八〇歳が平均寿命となる。

だから結婚適齢期も、その等級にあわせて大きく変わる。

五等級だと八〇すぎが適齢期らしい。なら、八三歳のシアンさんが独身なのは普通なんだね。

そう考えると、四〇代で結婚したヴァンさんって相当な早婚だよ。まあ二等級の奥さんと出会っちゃったんだから、結婚を急いだのも仕方ないか。

一般騎士はだいたい三等級。婚約者達もほとんどが三等級のため、適齢期は早い。

だいたい一八から二〇代前半の間に結婚するのだとか。

ちなみにクリスさんは二二歳。ロジーナさんは二三歳だ。

もう少しコルテア駐留が延びれば、ロジーナさんがコルテアまで行って婚姻の儀を済ませるか、婚約を解消して別の人と結婚するかの決断を迫られるくらいには、切羽詰まった状態だったらしい。

よかったね、ウェッジさん。婚約解消されなくて。

「でもウェッジ様がお戻りになられて、婚姻のお話がずいぶん進みましたの。騎士の妻としての心構えも少しできてまいりました。わたくしも、これからはちゃんと強くなりますわ」

ロジーナさんはそう微笑む。

うん。やっぱり女性は強い。

「時々はこうやって妻達で会いましょうね」なんて楽しげに語る彼女達は、すごくかっこよかった。

奥様達の輪を抜けて、周りを見回す。

子供達は子供同士で集まり、わいわいとはしゃいでいるようだった。

今日集まった子供は六人。

父親達が四年間コルテアで暮らしていたから、さすがに四歳以下の子供はいない。上は騎士学校に入る前の八歳の男の子から、下は毎日姿絵の〝どうさま〟に話しかける五歳の幼女まで。

気になっていたホルガーさんの娘さん――フィーネちゃんと言うらしい――だけど、そう心配することもなかったみたい。

「僕の父上はすごいんだぞ」

そんな風に父様自慢を始めた男の子の言葉を受け、みんな口々に、自分の父様のかっこよさを競い始めたのだ。

「剣の技がすごい」だの「馬に上手に乗れる」だの「一番強い」だのと、それぞれが負けじと声を上げる。

少し離れて聞いている父上達は誇らしげだ。

そこでフィーネちゃんも立ち上がり、小さな身体で精いっぱい声を張り上げる。

「わたしのとうさまは、おっきいの！」

うわあ、可愛い！　幼女の攻撃力ぱねえ。

私でさえキュンとしちゃったんだ。ホルガーさんにはさぞかし効いただろうと窺《うかが》えば、感極まったのを堪《こら》えようとしているのか、強面《こわもて》がさらに凶悪な顔になっていた。うん。こうかはばつぐんだ。

私は、ホルガーさん頑張れと心の中で応援しつつ、フィーネちゃんに援護射撃を繰り出す。

「そうね。ホルガーさんはおっきくて、強くて、でもとっても優しいよね？」

フィーネちゃんは、きらきらと輝く瞳で私を見上げる。

「うん！」

一人のお父さんだけを褒めたことで、他の子供達が物言いたげに私を見つめてきた。

可愛いなあ、もう。私はみんなに微笑みかける。

「じゃあ、お姉ちゃんにみんなの父様を紹介してくれない？」

私が子供達を見回してそう言うと、彼らは一斉に父親目がけて駆け出し、抱きつきながら叫ぶ。

「僕の父上！」

「私の父上ですっ」

フィーネちゃんも、ホルガーさんに飛びつく。

「わたしのとうさま！」

そのとたん、ホルガーさんの強面がでろでろに溶けた。

これで少しはホルガーさんにも貢献できたかな。うん。よかったよかった。

その翌日、ホルガーさんから、娘がすっかり懐いてくれましたと嬉しい報告があった。

きっとフィーネちゃんも、とうさまと話したかったんだと思うよ。ちょっと恥ずかしかっただけだよね。仲良くなってほんとによかった。


翌週の火の日。

診療所の仕事を終えた午後、「急な話なのですが」とシアンさんに呼ばれ、私は青騎士管理館へ向かう。

部屋に入ると、ヴァンさん、シアンさん、それからいつも護衛してくれている青騎士達が揃って私を待っていた。

「突然申し訳ありません。前々から話していたノエルの実験ですが、急遽《きゅうきょ》、明日行うことになりました」

ヴァンさんがそう口を開いた。

「実験の日程が明日に決まったんですか？」

私は、明日という言葉に驚く。

ノエルの実験……それは、私達の心の声が届く範囲を見極めるというもの。

私とノエルは心が繋がっている。私が心の中で話しかける言葉はノエルに届くし、言葉を話せないノエルの念も、私の心に直接響くように伝わる。

だけど、そんな『心の声』は、二人がある程度離れてしまうと届かなくなってしまう。

ノーチェに聞いたのだけれど、翼犬《よくけん》と主との契約の強さは、その主従の繋がりの強さに比例するらしい。双方の能力値の上昇によっても強固になる。

たとえるなら、心の中に携帯電話を持っていると想像してくれれば、わかりやすいかな。

私がノエルに名を与えたことによって、私とノエルの間に繋がりができた。携帯電話のたとえで言うと、専用の基地局ができたって感じ。

基地局は最初はすごく小さくて電波も弱いから、話し声は途切れ途切れだし、少し離れると声が届かない。

互いの繋がりが強くなる……つまり基地局が強化されれば、相手の声が聞きやすく、より遠くまで届くようになっていく。また、個人の能力が成長する――すなわち携帯電話の性能が上がることでも、さらに送受信がしやすくなる。

実際、ノエルと出会った当初は、ノエルの心の声は単語単位のものだった。離れたことがないからわからないけれど、おそらく届く距離も短かかったと思う。

ギューゼルバーンに誘拐されたあの事件の時、ノエルは私を主《あるじ》だと認めてくれて、成体になった。ノエルの成長と私達の繋がりの強化が重なり、ノエルの思念がはっきり伝わるようになったのだ。

私はノエルが大好きだし、ノエルも私のことが大好きで、ちゃんと主だと認識してくれている。だけど、私達はまだ出会って一年にも満たない新米の主従。繋がりも発展途上なのだ。

繋がりがもっと強化されれば、ノエルの想いを聞き取りやすくなるし、お互いの心が通じる距離も、どんどん広がっていくだろう。

知り合って以来、ノエルはずっと私の傍にいた。

ノーチェに隔離された時と、私がガイアのもとへ行っていた時間以外は、離れたことがない。もちろん、隣の部屋程度の距離までなら離れたことがあるけどね。

だから、私とノエルが離れた場合、いったいどの程度の距離まで心の声が届くのかわからない。

前々から、ノエルと私が繋がっていられる現在の距離を知っておいた方がいいと考えていたのだけれど、なかなかいいチャンスがなかったのだ。

それでヴァンさん達に相談したところ、彼らも万が一の時のためにその距離を理解しておくべきだと判断したようだ。

もちろん、ノエルと離れる私が、安全な屋敷に閉じこもっているのが前提。

実験をすると決まっても、街の中をノエル一人で歩かせるわけにはいかない。

ノエルは強くて巨大だ。だから、ノエルが一人で歩くと街の人達を驚かせてしまう。

ノエルは『黒の御遣《みつか》い』として街の人に認知されているけど、言葉が話せないから、何か問題が起こった時に対処できない。この実験には、青騎士達の協力が必要不可欠なのだ。

ということで、青騎士達がノエルと一緒に街の外に出られる日程を調整していたのだけれど……

それが、なぜ急に明日になったわけ？

怪訝《けげん》そうな私に、シアンさんが説明してくれた。

「実は王都の傍の村付近を荒らす魔獣がいまして、青騎士に討伐命令が下ったのです。いい機会ですので、マルクとチェリに魔獣との戦いを経験させようかと」

「マルク達に？」

マルクとチェリ――二匹のハティはまだ子供で、今、隊列を組んで行動したり、騎士達と連携して戦ったりという訓練を続けている。その一環として、魔獣討伐なども経験させたいのだとか。

「今回の討伐目標の魔獣は、そう強いわけではありません。青騎士が数名いれば問題なく倒せる相手です。ハティの訓練用にちょうどいいでしょう」

ただし、問題はその数が多いことなのだとシアンさんは続けて話す。

ハティも、今までに何度か魔獣狩りを経験しているものの、今回みたいに数の多い敵を倒すのは初めてらしい。

マルク達はまだ子供で、血の臭いに煽《あお》られれば戦闘本能に負けて理性を保つことが難しい。

敵の数が多いとそれだけ興奮も増し、うまく命令を聞けない可能性もある。

「まだ子供です。血に酔えばどこまで興奮してしまうか……。ですがノエルが傍にいれば、マルク達の暴走も抑えられましょう」

シアンさんの説明に、他の騎士達も頷く。

そうか。もしハティが戦いの最中、興奮のあまり暴走してしまうと、それを率いる青騎士達の方が危険に晒されてしまう。

だからノエルに傍にいてほしいのだと、説明は続く。

今回の討伐をノエルが手助けする。戦いに参加する必要はなくて、ただ、そこに同行するだけ。

明日の討伐目標は青騎士なら問題なく倒せる相手で、ハティ達が興奮して暴走さえしなければ何の心配もないのだ。中位魔族のノエルがいれば、よほどのことがない限りハティの暴走も抑えられる。

ハティはこれで安全マージンをとって、多数の敵を倒す経験ができる。

今後慣れてきたら、ノエル抜きでの戦闘経験を積んでいけばいい。

そして――私が参加する必要はないから、ノエルだけが街の外に出ることになる。

せっかく街の外に出るのならば、同時に『心の声』の実験も済ませよう。

これが、急遽《きゅうきょ》実験が行われることになった経緯らしい。

明日の流れはこうだ。

青騎士達とノエルが街を歩き、街の門を抜ける。

討伐すべき魔獣のいる場所は王都から馬で半刻程の距離で、討伐自体は三刻程度と見越している。

討伐後、その位置でもノエルと私が繋がっているようなら、ノエルが空を飛んでもっと離れてみる。青騎士とハティはそのまま街の付近まで戻り、街の外で待機。

心の声が届かない距離を確認できれば、ノエルはそこから街まで戻ってくる。

最終的に、街の外で待機していた青騎士達と合流して街に入る。

具体的な距離はこの方法だけでは測れない。けれど、ノエルの空を飛ぶ速さで街までどれくらいの時間がかかるか、近くに目印になるものがあるか、それでだいたいの目安をつける。

後日、私がノエルとその位置まで飛び、どこなのか調べればある程度のことがわかるだろう。

たしかに安全上、私とノエルが離れることはあまり望ましくなく、そう何度もできることじゃない。

今回の討伐は、ちょうどいいチャンスだ。

私は「ぜひ」とお願いした。

実験の実行が決まり、私達は綿密な打ち合わせを行う。

ノエルは騎士の言葉がわかるけれど、騎士達はノエルの考えがわからない。

だから、私抜きでも双方に行き違いが起きないよう、ヴァンさんやシアンさん、明日の討伐に参加する騎士達を交え、簡単な合図なども取り決め、計画を練って備えることとなった。

この実験を行うと聞いた青騎士達は喜んだ。

なぜなら私にしか興味を示さないノエルに、積極的に話しかけられるチャンスだから。

特に騎獣《きじゅう》馬鹿と定評のあるヴェーダさんは、目をキラキラと輝かせて握り拳を固め、天を仰《あお》いでいた。

もちろん、討伐は遊び半分でできることではない。あくまでハティの訓練をかねた討伐に、少しだけ〝お楽しみ〟もあるってことだよ。

ノエルがヒューマンの言葉を理解していると知っている青騎士達は、いろいろと話しかけてくれる。おかげでちょっとは人に慣れてきたけど、まだノエルは私以外の誰にも身体に触れさせない。

私としても、大好きなノエルを独り占めしておきたいのはやまやまだ。

でも、ノエルが私以外の誰かも乗せてくれるようになると、一緒に空を飛べる。それにノエルにはみんなとも仲良くしてもらいたい。

いったい誰が一番にノエルを撫《な》でることができるのか、実は私も楽しみにしていた。

序列を重んじる犬の特性を考えれば、ヴァンさんかシアンさんかな。

ノエルは、ヴァンさんやシアンさんの言葉にはちゃんと従うし、彼らを認めている。信頼とまではいかないけど、私の周りを警護することも、彼らになら任せてもいいと思っているみたいだ。

でも、私と仲がいい人は基本的にノエルの焼き餅対象だから、ヴァンさん達もまだ撫でさせてはもらえていない。ヴァンさん、シアンさん、クモン、アグネス。このあたりはきっと、撫でさせてもらえるまで当分時間がかかるんじゃないかな。

私の脳内の下馬評としては、こうだった。

本命、ヴェーダさん。

対抗、ジュエさん。

大穴　クリスさん。

ヴェーダさんはさすが騎獣《きじゅう》馬鹿と言われるだけあって、ノエルに話しかける時、本当に幸せそうに語りかけている。ジュエさんもそう。クリスさんは屋敷にいる間、一番接点が多いから。

だけど、その予想はあと少しで覆《くつがえ》されることになる。

実は再来週、私達はコルテアに行くことになっている。その時にクモンも、私と一緒にノエルの背に乗るのだ。私至上主義のノエルにすれば、クモンを背中に乗らせることはかなりの譲歩。

だからもうしばらくで、ノエルに触れるどころか、背中に乗る人第一号が出てしまう。

――ノエルに乗る。

騎獣大好きな騎士達にとって、それはもう垂涎《すいぜん》ものの出来事。

その話を知った青騎士達――特に騎獣好きなヴェーダさんやジュエさん達は、クモンに激しく嫉妬した。

今まで、ノエルとの距離を縮めようと彼らはすごく努力してきた。

ノーリアクションなノエル相手に毎日挨拶を欠かさず、自分を覚えてもらうために働きかけてきたのだ。

なのに、ノエルに特に働きかけをしていないクモンが、触れるどころか、その背に乗って空を飛べるとは……

誇り高き精鋭のはずの青騎士が、負け犬のようないじけた目でクモンを眺めている姿は涙を誘うものがあった。

『私のために喧嘩《けんか》はやめて』って、ヒロインっぽい台詞《せりふ》を言ってもいいんじゃないかな……ノエルが。

そのため明日の討伐は、彼ら青騎士達にとって、クモンに先んずる最後のチャンス。並々ならぬ決意と覚悟で臨《のぞ》んでいる……らしい。


翌朝、青騎士達が私の屋敷までやってきた。

戦いに参加できないんだから、せめて私にできることをしたい。彼らに『防御膜』を施《ほどこ》すため、私もノエルと共に外へ出た。

青騎士達はかちりと鎧《よろい》を鳴らし、騎士の礼で私を迎える。

彼らの姿を見て、私ははっと息をのんだ。

——危険はない、と聞いていたのに。

青騎士達は、街の中で護衛している時に着けているものより、ずっとしっかりした篭手《こて》と具足を着けていた。腰の剣だけではなく、槍を背負っている者もいる。

そうか。相手は魔獣。咬《か》まれることを想定して、いつもより装備が厳重なんだ。

彼らの様子には焦りも恐怖も、気負いもない。だけど冷静さの中に、秘められた闘志を感じる。

昨日「ノエル殿と語らうためには何が有効か」なんて話していた姿とは、別人のよう。

彼らの出で立ちと、ぴんと張りつめた空気を感じ、改めて恐怖が湧き上がる。

どうかご無事で、と祈りながら、戦いに赴《おもむ》く彼らに『防御膜』を施す。

「マルク、チェリ」

いつもと違う空気に戦いの気配を嗅ぎとっているのか、すでに興奮気味のハティ達が、ヴェーダさん達に鎖を持たれて座っている。

ハティは闘争本能の激しい肉食獣、いや魔族だ。こんな子供でも、もう立派な戦士。私は、戦いの予感に猛《たけ》る彼らの背を宥めるようにそっと撫《な》でた。

「ヴェーダさん達の命令をちゃんと聞くんだよ。くれぐれも怪我しないようにね」

撫でつつそう話しかけると、耳をぴくぴくとさせて私を見上げる。

マルク達にも『防御膜』を唱え、激励《げきれい》の言葉をかけてから、私はノエルを振り仰《あお》ぐ。

「ノエルも気を付けてね。みんなをよろしく。私は大丈夫だからね。絶対屋敷から……ううん、部屋から一歩も出ない。みんなが行ったらすぐに部屋に飛んで帰って、結界も張るよ。ノエルが戻ってくるまで誰も部屋に入れない。約束するから。ねっ」

宣誓するみたいに右手を顔の横にまっすぐ立てて、約束を口にする。

――ノエル守る――ノエル心配――

「うんうん。でもさ。確認しておいた方がいいでしょ？」

なおも私と離れることを心配するノエルを宥めるため、私はシアンさんとノエルを伴って一緒に部屋まで戻り、扉をあけて中に入ってみせた。

「じゃあ気を付けてね。いってらっしゃい。……シアンさんが付いていてくれるから大丈夫だよ、ね？」

「ええ。私がこの扉の前で守ります。リィーン殿のことはご心配なく」

シアンさんが、ノエルにそう請け合ってくれる。

この実験をするに当たり、私と離れたくないとノエルが一番嫌がった。

だからまず、ノエルに納得してもらうため、料理長さんにサンドイッチやスコーン、果物などの食事や飲み物をふんだんに用意してもらって、一日籠城《ろうじょう》する構えを見せた。

部屋に結界を張り、一人で閉じこもる。侍女も騎士も魔族も誰も中に入れない。おまけに扉の前ではシアンさんが護衛してくれる。

ここまで言ってやっと、ノエルも納得してくれたのだ。

「よろしくお願いします」

部屋から出ないと約束した私は、ノエルとシアンさんが見守る中、扉を閉めて結界を張った。

――ノエル行く――ノエル頑張る――

うんうん、よろしくね。

離れていくノエルの気配をたどりつつ、私は扉の前を離れ、ソファに座った。

改めて部屋のありさまを見る。

テーブルの上に所狭しと置かれた食べ物。中身が冷めない魔道具のポットに入れられた紅茶や、数個用意された水差しの水。

私の服装は、部屋でくつろぎやすい締め付けの少ない楽なワンピース。

うん。どう見てもカウチポテトな週末の風情《ふぜい》だ。

……実際のところ、似たような状況だよね。

だってこれから一日中、カウチポテトよろしくお菓子をつまみながら、離れていくノエルの気配をたどり続けるんだから。

そう考えて、私は自分自身に言い聞かせる。

魔獣討伐といっても、さほど心配ない。

ハティ達の暴走が一番の気がかりだったけれど、それはノエルがいれば問題ないもの。ノエル親分へのハティ達の服従具合は、さすが中位魔族と下位魔族と言いたくなるぐらい揺るがない。

だから心配はいらない……大丈夫。

私は離れていくノエルの気配を、祈るような気持ちで追い続けた。


部屋での籠城を始めて少し時間が経過した。

離れている私がわかるのは、ノエルの想いだけ。

私はノエルに語りかけた。

――ノエル、今、どの辺り？――

――水のある道――

水？

ノエルは生まれてから一五年間、主《あるじ》を探して彷徨《さまよ》い、ほぼ野生の暮らしをしてきた。

独り生き抜くために必要な知識は持っているし、翼犬《よくけん》の特性なのか、生まれた時から人型の生き物の言葉がわかる。

だけど、街での生活は私と暮らし始めてからだから、街の中のものをあまり知らないのだ。この一年で私が話す言葉を聞いて、その知識はどんどん増えているものの、まだまだ知らないことが多い。

たとえば、川や海は知っているけど、堀と用水路は区別がつかなかった。また、文字を読めないノエルには店の名前はわからない。建物も城と私の屋敷、診療所、神殿くらいは覚えているけど、あとは興味もない。

離れてみて初めてわかる、ノエルの限界だ。

いくつかの言葉を交わし、今、ノエル達が上流ゾーンを抜ける堀の跳ね橋を通ったのがわかった。

――どんな感じ？――

まだ街を進んでいるためか、騎士達には余裕がある。ノエルの横を歩くヴェーダさんが、積極的に語りかけているらしい。

それが、ノエルには少し煩《わずら》わしかったようだ。届いた思念は一言。

――うざい――

あ、この前教えてしまった言葉をノエルが使っている。

うわあ、変な言葉を覚えさせちゃった。天使なノエルが不良みたいになってる。

どうしよう。優等生だった子供が学校で悪い言葉を覚えてきた……って違いますね、私のせいだわ。

ノエル、ごめん。お母さんもう、こんな汚い言葉は教えません！

私は心の中でも、あんまり悪態をつくのはやめよう、と固く誓った。

ノエルの『うざい』発言によってがっくりと項垂《うなだ》れていた私は、しばらくして復活した。

せっかくこうやって、ノエルと離れる経験をしているのだ。

今までわからなかったことを、いろいろ試してみるいい機会だよ。

離れたところでノエルに指示を出したり、周りの状況を教えてもらって判断したりすることを、どれくらいできるかも練習しなきゃね。

とりあえずノエルには、今どんなところを通っているか、ちょくちょく教えてね、と伝えておいた。それで私がどの程度理解できるかも、訓練次第だね。

私は、頬をばちんと叩いて気合を入れ直す。ところが――

――家たくさん――道、歩く――ハティは子分、元気――走りたい――道、歩く――

……うん、わかってた。全然わかんないって。

たぶん、街の道を歩いて進んでいて、子分のハティは元気で、走りたがってるんだね。

今はおそらく中流ゾーンから下層に向けて進んでいるところで、危険はない。報告すべき変化が特に見られないんだろう。だからこんな言葉しかない。

――ノエル、私が今どこにいるかわかる？――

――わかる――

でも、眷属《けんぞく》であるノエルは私の気配がわかる。

私も、ノエルが今、北の方へ進んでいることを感じている。

眷属ＳＵＧＥＥ。眷属専用ＧＰＳだ。

私はヒューマンにしては魔力が高い。けれど、離れた場所から私の気配をたどれるほどの気は発していないのだ。魂《たましい》が繋がったノーチェですら、少し離れれば私を見つけることはできない。

あ、私が呼んだ時は別だよ。私が名を呼べば、どんな結界の中にいてもノーチェには私の声が聞こえるし、私の居場所が正確にわかるんだけどね。

じゃあ、どうしてノーチェやガーヴさん達が魔界から私のところに正確に転移できるのかというと、ノエルが傍にいるから。

魔族は魔族がわかる。ＭＰ五ケタのノエルの魔力は、離れていてもわかるらしい。だからみんな、ノエルを目指して転移してくる。

ってことは、もし今、魔族の誰かが私に会おうと転移したら、街を行進するノエルのところへ行っちゃうってこと。

今日はその予定もないし、ノーチェには伝えてあるので問題ないんだけどね。

そんなことを考えながら、私はノエルの思念と頭の中の地図とを突き合わせ、どこを移動しているか想像していた。

――門――

やがて、またノエルの思念が届く。これは王都の門だとわかった。討伐対象のいる村の方角から考えて、北門に間違いない。

そう考えていると、ちょうど『朝の鐘』が響いた。

ずっとノエルの思念に集中していたせいで、自分の耳で聞いた鐘の音にびっくりした。窓の外に視線を投げれば、からりと晴れた明るい空が見える。朝の六時か。

ノエルからも「鐘」と伝わる。

ああ、なるほど。ちょうど開門に合わせて移動していたのね。

討伐隊は門を優先的に通ることができる。ノエルの一行は、鐘と同時に街を出た様子だ。

――走る――道――広い――ゆっくり――

門の結界を通り、討伐隊一行は騎乗してスピードを上げる。

ゆっくりっていうのは、ノエル基準での〝ゆっくり〟。これから討伐だもの。馬を疲れさせないよう、軽く走らせてるんだろう。

――花いっぱい――気持ちいい――

ノエルは街よりも、自然の中にいる方が好きみたい。街から出たことで解放感っぽい気が伝わる。

春の遅い王都付近は、今、花が一斉に咲き始めたところらしい。

「美しく咲き乱れる花のじゅうたんを楽しめますよ」と、つい先日シアンさんが教えてくれたっけ。私も見たかったたな。

一面に広がる花畑を想像して、少しほっこりする。またノエルと一緒に出かけなきゃ。

――道、進む――草原――花たくさん――走りたい――

討伐隊は順調に移動中の様子。

今のところ、ノエルの心の声はしっかり聞き取れる。私達の繋がりは、この距離でも健在のようだ。

ちょっと余裕の出てきた私は、紅茶のカップに手を伸ばしながらそう考えていた。

すると――

次の瞬間、ノエルが低い威嚇《いかく》の唸り声を上げる。私が取り落としたカップが、がちゃりと音を立てた。

はっとして気配をたどると、どうやら興奮して逸《はや》り始めたハティ達を窘《たしな》めたみたい。

とうとう、魔獣の群れに近付いているのか。

ノエルは戦いには参加しない。これはあくまでハティ達の訓練だから。

――気を付けてね。ハティ達が暴走したら止めるんだよ。あと、『咬撃破《こうげきは》』禁止ね――

万が一ノエルが戦うようなことになっても、『咬撃破』はオーバーキルだ。あれは目の前にあるものを、根こそぎ破壊してしまう。ギューゼルバーンの城を壊したあの攻撃は、おいそれと使えるもんじゃない。

――大丈夫――

ノエルもまだ一六歳。ハティにつられて興奮し、暴走したらどうしようと少し焦ったけど、冷静だった。ノエルにとってそれだけ弱い魔獣なのだろう。

それから、守るべき私が傍にいないことも大きい。

――魔獣きらい――たくさん――人、号令――マルク、チェリ、走る――

魔獣との戦いが始まる。

騎士達がハティ達に命令を下し、冷静に敵の数を減らしていく。

ノエルに同調している私には、剣や鎧《よろい》の鳴る音や騎士の息遣い、魔獣の唸り声が聞こえるような圧倒的な臨場感がある。

……それからは、私にとって緊張の連続だった。

彼らと離れている私には、何の手助けもできない。

ただ、無事を祈るだけ。

戦いは魔獣を追い立てながら、数回にわたって行われた。

どうやら、討伐は順調に進んでいるようだ。

時折、ハティを諌《いさ》めるノエルの唸り声が聞こえるたびに、はらはらと手に汗を握る。

頑張って。青騎士のみんな。マルク、チェリ。どうか、どうかご無事で。

ノエルの気配をたどりながら、私は手を組み、一心に祈り続けた。

――終わった――大丈夫――敵いない――怪我、ない――

何時間もの恐怖の時が過ぎ、ノエルから届いたその思念に、私はソファにぐったりと倒れこんだ。

……怖かった。

離れていて、しかも戦っていることは感じられる。

こんなの……怖すぎる。

たとえ危険はほとんどないと聞いていていても、今戦っていた人達はノエルもハティ達も、青騎士達も、みんなみんな私の大切な存在。

『騎士の妻は、心が強くなければなりませんの』

おっとりと語っていた騎士の奥方の言葉が、今、実感を伴ってしみじみと心に響いた。

緊張から解き放たれ、脱力してしばらくへたり込んでいた私は、ノエルの思念で我に返る。

――リィーン――今から飛ぶ――ノエル飛ぶ――

おっと。あまりの緊張にすっかり忘れていた。そうだった。ノエルの実験が始まるんだ。

ここからは危険はない。私も安心してノエルを送り出せる。

私にとってはすごく長い時間だったけど、実際にはまだ『昼の鐘』も鳴っていない。

これから『夕の鐘』で門が閉まるまで、六時間以上ある。時間的な余裕もばっちりだ。

とりあえず帰りのことを考えて、三時間たったら引き返すように注意しなきゃね。

――じゃあ行ってらっしゃい。国境は越えちゃ駄目だよ――

――大丈夫――

――戻るのは、朝出た門だからね――

――大丈夫――覚えてる――門――ノエル知ってる――

うんうん。信頼してるから。

ノエルが飛行を始める。どんどん離れていく気配。

先ほどとは格段に違う速さにノエルの翼のすごさを感じながら、私は扉に移動した。

扉の向こうにはシアンさんが立っているはず。

シアンさんもきっと心配している。ノエルとの約束だから扉を開けることはできないけど、討伐が無事終わったことくらい教えてあげなきゃね。

「シアンさん、討伐は無事終わったみたいです。誰も怪我してません」

「そうですか……ありがとうございます」

扉の向こうからシアンさんの声が聞こえる。思ったより冷静な声に、シアンさん達にとっては戦いも日常なんだと改めて感じた。

「マルク達も成長したようで安心しました。それにしても、離れていても情報が届くのは便利ですね」

「ええ。今はノエルが空を飛んで移動しているところです」

しばらく扉越しの会話を続け、私はまたソファに戻った。

――空、気持ちいい――空飛ぶ――だいすき――

ノエルは、久しぶりの空が楽しいみたい。

私が通ったことがあるのは、南側のコルテア方面に向かう馬車道だけで、王都より北は行った経験がない。

ノエルから届く「村がいっぱい」「道」「森」「川」「ごろごろした岩」「村」「山」などの、ざっくりとした思念では、私も今ノエルがどこまで飛んでいるのかわからない。

やがて――

ノエルの気配が薄くなり、とうとう気配を感じられるぎりぎりを迎えた。

――今どこ？――

――山いっぱい――

うん、わかんない。とりあえず、ノエルの翼で飛んで二時間くらいか。

――私のいる場所、わかる？――

――わかる――

思念が届く範囲なら、ノエルには私の場所がわかる。

それは今のところ、ノエルの翼で二時間程度。

ここまでわかれば成功だ。あとはまた今度私が一緒に飛んで、今ノエルがいる場所を教えてもらえば完了。

ノエルに労《ねぎら》いの言葉をかけ、王都に向かうよう指示をして、長い長い一日が終わった。

後日、ノエルと空の散歩がてら、飛んだ場所まで連れて行ってもらう。

近くに見えた村の名前から、そこが王都の北にあるバルマス領だと知った。あとでシアンさんに教えてもらったところ、王都からだいたい三〇〇キロくらい北上した辺りらしい。

私達が成長すれば、いつかは魔界や東のヒューマンの国までも繋がっていられるようになるのかも。

――楽しみだね――

私のその言葉に、ノエルはふん、と鼻で笑った様子だった。

――楽しみ、ない――ノエル、リィーンと離れない――

ぶれないノエル。私はいつまでも可愛いノエルの鬣《たてがみ》に抱きついた。

第三章　コルテアへ

ノエルの実験から、ちょうど二週間。私はクモンと一緒に、屋敷でクリスさんの話を聞いていた。

「リィーン様は光と水の魔法もお使いになれますから、明かりも食事も問題ありませんわね。それにノエル様が荷物を持ってくださいますし、かなり楽ができるかと思いますわ」

「はい、先生」

てきぱきと説明してくれるクリスさんに、手を上げて小学生のように元気な返事をする。我ながららテンションが高い。

付き合いのいいクモンが、私を真似て手を上げていた。私達は顔を見合わせ、くすくすと笑う。

「では、魔道具の使い方の説明をさせていただきますわね」

「はい、先生」

クリスさんは一つずつ魔道具を指さしながら、用途を軽く説明してくれる。

アルコールランプみたいな形をしている魔道具と、それがちょうど入る高さの鉄の台。

その上に載せる片手鍋も用意してあった。

まず、私に見えやすいようにゆっくりとランプに魔石をセットして、火を灯《とも》す。クリスさんはそれを三脚の下に入れた。

「このランプはこうして三脚の下に入れます。火は魔石を多めに用意しておりますから……」

魔道具は魔石に含まれる魔力を動力としているから、魔力のない者でも使える。魔石は基本的に使い捨てなので、魔力が切れると捨てるしかない。

生活用品に使うような魔石は小さなものが多い。私がかつて冒険者の仕事でとってきた、ワードッグやポイズンキャットの魔石のようなものね。

クリスさんが手渡してくれた巾着の口を開くと、小さな魔石がたくさん入っていた。毎日使っても、ひと月以上使えそうな量だ。え？　こんなにもらっていいの？　とクリスさんを見ると、念のためですからご心配なくと笑って言われた。

「説明を続けますわね」

「はい、先生」

「初日のお昼はお弁当を召し上がっていただきますから、作業は特にありません。夜も複雑なものを作っていただこうとは思っていませんので、こうやって……」

日本にはガスコンロや電子レンジがあって、捻《ひね》れば水や温水が出る蛇口がある。また、切り身のお肉がパックで売っていて、香辛料や固形スープもある。

そんな状況なら、私もそこそこ料理ができる。家ではカレーやチャーハンくらい作っていたもの。だけど、こちらで料理をするって大変なんだよ。だって魔法があるとはいえ、かまどだもん。

不慣れな私に無理をさせないため、用意されたものはすごく簡単。

鍋に魔法で水を溜め、ランプに火をつけて温める。そこに下ごしらえ済みの干し肉や野菜を入れて香辛料を少し入れるだけ。干し肉に味がしっかり付いているから、味付けはこれで大丈夫らしい。

食材は全部、あらかじめ食べやすい大きさに切って、下味までつけてくれている。これなら野営慣れしていない私でも大丈夫。中身を混ぜて温めるだけの簡単なお仕事です。

「夜はまだ冷え込みますから、風よけに……」

寝袋も用意してくれた。

私はアウトドア経験がないし、寝袋ってちょっと憧れていたのよね。

試しに入ってみたところ、想像以上に中が広くて、ホカホカと暖かく快適だった。地面の上だと硬いかもしれないけど、その時は魔法で地面を少し均《なら》せばいいかも。

それにノエルにもたれて寝るだろうし、きっと夜も辛くない。

——先ほどから何をしているかというと、野営についてのレクチャーを受けているのだ。

そもそも、なぜこんなことになっているかと言えば、私がもうすぐコルテアに行くから。

今までみたいに青騎士達の護衛はない。私とノエル、それからクモン。たった三人の旅だ。

ギューゼルバーンとの停戦協定が締結したことで、レオン殿下と青騎士団がコルテアに駐留する必要がなくなり、王都へ帰還したのが今年の三月の話。

といっても、コルテアをいきなり無防備にするわけにはいかないから、青騎士の半数は向こうに残っているけどね。

そして、私もレオン殿下と一緒に王都へ拠点を移すことになったのだ。

コルテアは、私にとって第二の故郷とも言うべき大切な街で、街の人達ともかなり良好な関係を築けていた。

『神殿で式典に参加し、祝詞《のりと》を唱える』という、コルテア神殿との約定《やくじょう》もある。それに前に働いていた診療所にも顔を出して、できるだけのお手伝いはしたい。

レオン殿下が発案した『ガイアの奇跡』『ガイアの奇跡　第二章』によって、コルテアは『黒の癒《いや》し手』の聖地と呼ばれ始めている。

私の心情的にも、そして社会的判断からも、コルテアをないがしろにはできないのだ。

クモンは、王都への旅の間の雑用係としてレオン殿下に雇われ、一緒に王都まで来た。だけどコルテアの領民であるクモンは、いずれ帰らなきゃいけない。

私はひと月かふた月に一度コルテアに行き、神殿での儀式と、診療所での治療を行うことになっている。だから、その時にクモンも一緒にノエルの背に乗っていけばいいよね、という話になったのだ。

これは王都へ旅立つ私がクモンと離れるのを寂しがったから、というレオン殿下の配慮の他にもう一つ、ある思惑があってのことだ。

殿下はノエルに、私以外の者も背中に乗せる練習をさせたがっている。

ノエルに騎士が同乗できれば、私の護衛をしやすいものね。

それで、今回の三人旅が決まったのだけれど……

今までの旅は、他の人が簡易ベッドまで設置したテントを建ててくれた。その上、出る食事も野営とは思えないほどちゃんとした料理。いかにもお貴族様仕様な旅だ。

でも、今回は違う。

まるで冒険者のように外で野営するのだ。冒険者のように！　うん。大事なことなので二度言った。

ノエルがいて、私の防御膜があり、準備もしっかりしている。危険なんてない。だから、遠足前の小学生みたいなわくわくした気分で旅の準備を進めているのだ。

すでに、コルテアには『黒の癒し手』と『黒の御遣《みつか》い』が行くことが知らされている。

コルテアでの私のスケジュールはもう決まっていて、六月六日光の日――日曜――に神殿での式典を行い、その後は癒しの無償奉仕。翌日七日の闇の日に、診療所で癒しを行うというもの。

だから五日中にコルテアに着く必要がある。

ノエルは馬車で一〇日の距離を〝一日もかからず〟移動できるらしい。

ちなみに、この世界の人が〝一日で移動〟と言うのは二四時間のことじゃないよ。

ここの街はみな城郭都市と呼ばれるもので、街ごと高い塀にすっぽり囲まれている。

三刻――午前六時に鳴る『朝の鐘』と同時に開かれた門は、夕方九刻――午後六時に『夕の鐘』が鳴ると閉じられる。夜は街に入ることも出ることもかなわない。

こちらのニュアンス的に〝一日で移動〟は『朝の鐘』から『夕の鐘』までの日中のこと。

〝一日もかからず〟で八、九時間くらいの感じ。

つまりノエルは馬車で一〇日の距離を八、九時間くらいで飛ぶってこと。

ちなみにこれは、長距離飛行の時の数値ね。スタミナ温存で数日間飛び続けていられる速度って意味。短距離であれば、その速度はもっと上がる。トップスピードともなればさらに速い。

先日の実験の時は、スタミナ温存モードで飛んでいたらしい。

ここファンテスマ王都からコルテアまでは馬車で一二日ほどだから、ノエルの速さを考えると、おそらく『夕の鐘』には間に合うと思う。……ノエル一人ならね。

だけど、私やクモンがトイレや食事で休憩を取る必要があることを計算に入れれば、もう少し時間がかかるはず。

それに初めての空の旅だし、もっと楽しみながら移動したい。ついでに野営だって試してみたい。

だから無理に急がず、休憩をしっかり取って、夜は早めに野営する。そして翌日の昼頃を目指してコルテアに着くようにしよう。

光の日に間に合えばいいのだから、風の日——金曜日にこちらを出発し、翌日空間の日に到着すればOK。だけど、道中、何か不測の事態が起こる可能性もある。

予定を組み、準備を整えてくれているコルテアの人達を待たせてしまうのは申し訳ない。

そのため一日余裕を見て、出発日は六月三日地の日——木曜日の朝ということになった。

その出発日が、明日だ。

野営については問題ない。準備はクリスさんがしっかりしてくれたし、野営の経験があるクモンが一緒だからね。

「期待しているよ、Dランク」

私が声をかけたら、クモンは笑って答えた。

「おう、任せとけ」

経験者のクモンがいれば、ここまでクリスさんに説明される必要はないんだけれど、まあ念のためってことね。それに、私が野営に多大なる興味と熱意を持っていることを知って、わざわざ用意してくれたんだと思う。

まあ実際のところ、心配するべき事態にはならないとみんなわかっている。だってさ、一般的な野営とは雲泥の差があるもの。

まず移動手段がノエルということで、移動中に攻撃される心配がない。

空の上にも魔獣が現れることがあるけど、HP、MP共に五ケタを誇るノエルに勝てるような魔獣は、なかなかいないだろう。

ガタガタと揺れる馬車と、結界で守られたノエルの背中じゃ、身体への負担も大違い。

野営中も、ノエルは眠らないから夜の見張りがいらない。

それに、私の結界は一晩以上持続するから、魔獣や獣に襲われる心配はないのだ。

実際の旅人達はもっときついし、危険。

魔獣除けの魔道具を持っていたとしても、強い魔獣には効かない。その上、ファンテスマは他の国に比べれば治安のいい国ではあるけど、野盗の類《たぐい》が全くいないというわけではない。どんな世界にだってアウトローはいるものだよね。

それを考えると、いかに今回の旅が安全かわかるよ。

だから、私が護衛もつけずに移動することに、みんな反対しないのだ。

野営レクチャーもほぼ終わり、賑《にぎ》やかに話をしながら遠足グッズを眺めていると、ふいに屋敷の結界が歪《ゆが》む。転移の前兆だ。

「あ、ノーチェだ」

私は高いテンションのまま、転移してきたノーチェに微笑みかける。

「ノーチェ見て！　すごいのこれ」

「ずいぶんと楽しそうだな」

紫の瞳の美青年が、つられて微笑む。

明日からコルテアに行くという話は前に話していたので、それで様子を見にきたらしい。

私の髪を撫《な》でつつ、ノーチェは目の前に並ぶ様々な道具に視線を落とした。

「野営に使う道具だよ。見たことある？」

「いや」

そっか。ノーチェは転移ができるし、野営なんてしたことないよね。

私はノーチェに、遠足前の子供みたいにいろんな魔道具を見せて話をする。ノーチェも興味深げに魔道具を見ていた。

寝袋を見て「こんな狭いものの中に入って眠るのか」って、びっくりしながら中を覗き込むノーチェの姿が面白くて、私は声を出して笑った。


翌日。王都の門――

早朝にもかかわらず、たくさんの人が見送りに来てくれた。シアンさんや護衛の青騎士達、マルクとチェリも。

コルテアでの滞在は、往復の日数を含めると十日以上の旅になる。

そういえばアズルの森で出会ってから今日まで、シアンさんとこんな長時間離れたことがない。

お母さん心配で堪《たま》らないのと、ひそめられた眉毛が語っている。

魔王の半身候補となってから、私にめったに触れることがなくなったシアンさんだけど、今日は屋敷を出る前にそっと髪を撫でられた。

シアンさんは心配そうに、何度も繰り返した注意をまた始めた。

「お気を付けて、リィーン殿。コルテアの東門で青騎士が待っております。東門ですよ、お間違いなく。明日は門が開いている間、ずっと待機しています。門からは青騎士の先導で進んでください。いいですね」

コルテアの街には、ノエルと一緒に『黒の癒《いや》し手』が帰ってくると大々的にアピールしている。王都に行っちゃったけど、『黒の癒し手』と『黒の御遣《みつか》い』はコルテアのことを忘れてはいないよ、とね。

王都でも他の街でも、『黒の癒し手』の人気は高い。特に、最初の拠点であるコルテアの人達は、今なお私達黒ちゃんずの一番のシンパなのだ。

「万が一明日の『夕の鐘』に間に合わないようでしたら、街からは少し離れて野営してくださいね。あまり街の近くで野営してはなりませんよ」

シアンさんの言葉に、私ははっきり頷く。

街は頑丈な壁で覆われている。『夕の鐘』に間に合わなかった旅人は、寄り集まってそれぞれの馬車で囲いを作り、門の付近にぴったりと沿って野営をするらしい。その方が安全だからね。

でも、私達はあまりに有名人だから、護衛もなしにそんな集まりに入るのは危険。

考えたくはないけど、私に危害を加えたり、誘拐したりしようと考える者が紛れ込んでいる可能性だってあるものね。

だからシアンさんは、さっきみたいな注意を繰り返すのだ。もう何度も聞きましたと思いつつ、私は「わかりました」と笑って答える。

「では、行ってきます」

テンション高く、そう挨拶をした時だった――

いきなり強い魔力を感じて、私は空を振り仰《あお》ぐ。すると、虚空《こくう》から現れたのは紫の瞳の魔王様。

「ノーチェ？」

まさか、ノーチェまで見送りに来てくれたのかと驚いた。

見送りの者達が一斉に跪《ひざまず》く。離れて見ていた街の人達も、桁違いの魔力を持つ魔族が現れたことに動揺し、怯《おび》えたように一斉に跪いた。

周りの緊張を一顧《いっこ》だにせず、ノーチェは私に近付く。

「どうしたの？」

「準備はできたか？」

「え？　あ、うん、まあ……」

ノーチェは私の腰に手を回し、優しげにそっと抱き寄せた。

彼は穏やかな微笑みを浮かべていたが、目の前に跪くクモンへ視線を移したとたん、冷たく取り澄《す》ました表情に変わる。

そして、さらに視線を移動させ、ノエルを見た。

「翼犬《よくけん》」

その呼びかけに何某《なにがし》かの命令が含まれていたのか、ノエルはびくりと身体を揺らし、次の瞬間影に入ってしまう。

え？　何？　と混乱している私に、ノーチェはまた穏やかな笑顔を向けてこう言った。

「では、参ろうか」

「え？　どういうこと？」

ノーチェは私の疑問には答えず、空《あ》いている手でクモンの襟首をくいっと掴んだ。跪いて頭を下げていたクモンはいきなり持ち上げられて、「うえっ」と声を漏らす。

ぐらりと、世界が揺れる。

――次の瞬間、私は見慣れた部屋にいた。

コルテアの、私の屋敷にあるサロンだ。ちょうど掃除中だったのか、忙しく立ち働いていた侍女達が驚きの声を上げた。

「リィーン様！」

どうやら私達は、ノーチェの転移でコルテアのサロンに飛んできたらしい。

「うえっ」

ノーチェに手を離された勢いで尻もちをついたクモンが、声を上げる。彼は周りを見回すと、また「うえっ？」と呟いた。

わたしはノーチェを見上げ、おずおずと声をかける。

「えっと……ノーチェ？」

「これでいいのだろう？」

「いいかって……え？　なんで？」

転移したことはわかったけど、なぜノーチェが転移させてくれたのかはわからない。混乱してい

る私に、ノーチェはこう言った。

「男と二人乗りなどさせるものか」

「ノーチェ……」

「野営など、そなたにさせたくはない」

ノーチェはそっと私を抱きしめる。

「今日は時間がない……またそなたに会いに来よう」

彼は満足げに微笑み、私の髪にキスをすると……虚空《こくう》に消えた。

「……え？」

あっという間の出来事だった。

つまり……ノーチェはクモンと私が二人で野営をすることや、ノエルに二人乗りすることが許せなかったということ？　ノエルがいるから、二人きりじゃないんだけど……

「……す……」

呆然とノーチェの消えた空間を見つめていたら、クモンが絞り出すようにそう口にした。

「……す？」

そのまま黙ってしまったクモンに、私はおうむ返しに問いかける。

「す……」

うん？

私が首を傾げた次の瞬間、彼はじゅうたんに勢いよく倒れ込んだ。

「すんげぇ怖かったあ！　いやあ、オレ死ぬかと思った。すげえな魔王様って。睨《にら》まれただけで死にそうだった。うわあああ。生きてるって素晴らしい！」

クモンはそう叫ぶと、じゅうたんをごろごろと寝転がった。その間もこえーとか、すげーとか、うわあとか、何度も繰り返している。

どうやら、かなりのプレッシャーを感じたらしい。うん、申し訳ない。

うわあ。もう、それしか言えないよ。

今回、クモンと私が二人でノエルに乗ってコルテアへ行くというのは、レオン殿下が、ノエルに私以外の者も乗せる練習として考えたものだったのに。

レオン殿下、ノエル以上にやっかいな人がいました……

ノエルの背に誰かを乗せるのは厳しかったです。

ノーチェ、嫌だったなら昨日会いに来た時に言えばよかったのに。

もしかしたら、私があんまり楽しそうだったから言い出せなかったのかな。だけどやっぱり我慢できなくて、今日また来たのか。

……お……大人げない。

脱力して座り込んだ私は、クモンと顔を見合わせた。きっと同じ感想を持っているんだと思う。

結界が揺らいだことでサロンに飛び込んできた青騎士達が、「リィーン殿!?」と私達を見てびっくりしている。そんな彼らに、軽く手を上げて応えた。

遠足前の高揚した気分が、あっという間に霧散《むさん》してしまった。

すると、影からそっとノエルが出てくる。

あ、そうか。やっとわかった。

ノエルは私の眷属《けんぞく》で、私達は繋がっている。ノエルが私の影に入っている時に転移で飛ぶと、ノエルも一緒に転移する。けれど影に入っていない時に転移すると、ノエルはそこに置き去りになっちゃうのだ。

だからさっき、ノーチェはノエルに「影に入れ」と命令してたんだね。

ノエルの耳が、申し訳なさそうにへたりと垂れていた。うん、魔王様、怖かったんだよね。大丈夫だよ、魔族のノエルが逆らえるわけないんだから。私はノエルにも「お疲れ様」と声をかける。

「とりあえず……コルテアだね」

「おう。とりあえずコルテアだな」

私はじゅうたんにぱたりと倒れ込む。クモンと同じように、そのまま寝転がった。

「くっ、ははは」

「ははは……」

変な緊張がとけて……二人で笑い出してしまった。

「あー。うん。コルテアだ」

「うん。コルテアだね」

もう、会話がそれしかありませんでした。

一息ついた私は、王都のレオン殿下に声を伝える魔道具——伝導話器《でんどうわき》で連絡をし、無事コルテアに着いたと報告をした。

それからコルテアの青騎士管理館にも、もう屋敷に着いているので、明日の出迎えの必要はなくなったと伝えてもらう。

本来なら、街の東門からこの屋敷まで青騎士の先導でノエルに乗って、パレードよろしく移動するはずだったのだ。私達を出迎えようと、街の人達も待っていてくれたかも。

最終日はノエルと街を歩いて、ちゃんと街のみんなに挨拶しなきゃいけないね。

最短到着予定日より一日以上早い到着に、屋敷の使用人達はパニック状態だ。

こちらの都合で予定が繰り上がっちゃったんだから、気にしないでいいよと声をかけ、私は久しぶりに会う屋敷の者達と、この三ヶ月の出来事について語り合った。


翌日。

予定通りなら到着日のはずだったため、スケジュールがぽっかりと空《あ》いてしまった。

せっかくなので、コルテア城の青騎士管理館に行き、数日間の護衛を頼むことになる青騎士達に挨拶をし、簡単な打ち合わせも行う。

青騎士は第六師団まであり、そのうちコルテア残留組は第一、第四、第五師団。王都へ帰還する予定の師団もまだ半数以上残っているらしいのだけれど、引き継ぎの問題もあるから、護衛は残留組の師団の騎士が請け負ってくれるとか。

彼らには、急な予定変更で迷惑をかけて申し訳ないと謝っておいた。

午後からは診療時間の終わる頃を見計らって、診療所に顔を出すことにした。

診療所に着くと、スタッフの皆が出迎えてくれる。

三ヶ月ぶりの職場に、帰ってきたなと感慨深い。

「なんか、リィーン殿ってどんどんすごいことになっていきますよね」

スタッフ達は、私をネタにして盛り上がっている。

「だよなあ。二三〇年ぶりの『ガイアの申し子』ってだけでもすごいのに、ガイア神が御遣《みつか》い様を授けてくださるし、次は魔王陛下の半身候補ですもんね」

「まるでサーガの主人公みたいですよね」

「傍で見て本当だって知ってなきゃ、吟遊詩人が歌っても、ちょっと眉唾ものだと思うよな」

まあ確かに、小話語《しょうわかた》りや吟遊詩人がそのまま物語ったら、『盛りすぎ』って突っ込むかもしれないよね。

「偉くなっちゃったよなあ」とか「すげえよな」とか言いながらも、彼らはわりとフラットで、私に対する態度も変わりはない。そういうところが、すごく居心地がいい。

とはいえ、王都の診療所にも、早く慣れなくちゃね。

私達は不在時の出来事を語らいつつ、癒《いや》しの術についてなども意見を交わす。

緑姫ことアニスさんは、きりりとした笑顔でこう話した。

「今まで私達は貴女《あなた》のおかげでずいぶん勉強させてもらったわ。貴女が王都に取られてしまうのは残念だけれど、貴女の知識に触れて、王都の癒《いや》し手達の技術がより一層上がるのは素晴らしいことだわね」

「有能な癒し手が増えるなら歓迎すべきことだ。まだまだ我々も負けてはいられないね」

カリムさんのその言葉に、緑姫は「そうね」なんて微笑む。素敵カップルの笑顔が麗《うるわ》しい。

コルテアの診療所も、きっと今まで通りたゆまぬ努力を重ねていくんだろう。先輩達の癒しに対する姿勢の素晴らしさに、背筋が伸びる。

私も頑張らなきゃ。

そう決意を新たにして、王都で初めて経験した幼児の治療について先輩達の意見を聞きつつ、私の意見も交えて活発に話し合った。

こういう意見の交換は、王都の診療所の人達よりも彼らの方がやりやすい。私は久しぶりに充実した時間を過ごした。

その翌日もこちらの知り合いに会ったり、クモンと話をしたりして過ごし、翌々日は神殿での式典に参加した。

コルテアの人達は久しぶりに訪れた『黒の癒し手』と『黒の御遣《みつか》い』を、熱狂的に迎えてくれた。

式典はかなりの人が集まって、神殿の神官達も喜んでくれる。

闇の日の診療所もつつがなくこなし、私の久々のコルテア滞在は大きな問題もなく終わった。

第四章　魔界の人々

そしてコルテアを発つ日――

「じゃあクモンも気を付けて。お母さんにもよろしくね」

「おう……次のコルテア入りは、再来月辺りか。リィーンも元気でな」

「うん。皆さんも、護衛ありがとうございました。また来ます」

コルテアの街を出たところで、私は青騎士やクモンと別れの挨拶を交わす。

多くの街の人達も、見送りに来てくれている。

また来るからね、と手を振り、私はノエルの背に乗った。

ノエルが漆黒《しっこく》の翼をふわりと広げ、空へ舞い上がる。

その姿に、人々からわあっと歓声が上がった。

ノエルは、見せつけるようにくるっとみんなの上を一周廻って、一路西北へと向かった――

……のだけれど。

街から遠ざかった辺りで、私達は静かに地面に降り立った。

そして、ノエルに労《ねぎら》いの言葉をかけて影に入ってもらう。

「ノーチェ」

虚空《こくう》に向かって呼びかけると、あっという間に空間が歪《ゆが》み、馴染んだ魔力が現れる。

私をそっと抱きしめるノーチェに、私も腕を回した。

「では、行こうか」

「うん」

ノーチェの転移で飛ぶ先は、魔城。

コルテアから王都へは、ノエルの背に乗って帰るつもりだった。それを変更し、移動時間を利用してついでに魔界へ行き、八公達《はちこう》に紹介してもらうことになったのだ。

ノエルに乗って王都に帰ると一泊二日だけど、転移なら一瞬だものね。帰りもノーチェが転移で王都へ送ってくれるから、スケジュールには問題ない。

コルテア滞在中、ノーチェに「そろそろ八公にも会ってみるか」と聞かれた。私も彼らに会ってみたかったこともあり、二つ返事で了承したのだ。


転移した先は、豪華な広い部屋だった。

すごくお金がかかっているんだろうとは思うけど、ごてごてと飾り立てているわけでもなく、落ち着いた色合いで纏《まと》めてある。モダンな感じだ。

ここはどこだろうと考えていたら、「私の部屋だ」とノーチェが教えてくれた。

さすが魔王様ともなると、自室からして違う。王都にある私の屋敷の居室とは、比べ物にならない広さ。

興味深く見回していた私は、見覚えのあるものを見つけ、目を見開く。

それは、一枚の大きな姿絵だった。

慈愛の眼差《まなざ》しをこちらへ向ける乙女と、彼女を守る、漆黒《しっこく》の翼を広げた雄々《おお》しい翼犬《よくけん》。

……はい、私とノエルです。

そっか。私達の初めての姿絵は魔王様に献上すると言ってたっけ。ノーチェの部屋に飾ってくれてたんだ。

完成直後に私が見た時はキャンバスのままだったけど、今は重厚な意匠《いしょう》の額縁《がくぶち》がついていて、それがこの部屋にすごくマッチしていた。

でもこれ、ちょっと気恥ずかしすぎる。

作品としては素晴らしいんだよ。ノーチェの部屋の品位を落とさない出来栄えだと思う。そこに描かれているのが私という事実が恥ずかしいだけで。

内心で悶《もだ》えていると、「よい絵だ」とノーチェが呟く。

「そなたは翼犬といる時、いつも穏やかな表情をしている。少し妬けるが、この絵を眺めれば私も穏やかな気持ちになるのだ」

そう言ってもらえると、頑張ってモデルをした甲斐《かい》があるよね。

私達はお茶を飲みながら、しばらくとりとめのない会話をしつつ絵を眺めていた。

やがて――

「では行こうか。皆そなたに会うのを楽しみに待っている」

「うん」

ノーチェに促《うなが》され、私達はまた転移で移動した。


飛んだ先は、広い部屋だった。

目の前で、八公《はちこう》達と宰相《さいしょう》が跪《ひざまず》いて私達を迎えてくれている。

……そのあまりの迫力に、私は息をのむ。

別に威圧をかけられているわけじゃない。ただ、圧倒的な魔力を持つ高位魔族が揃っているだけ。

魔王であるノーチェの魔力はすごい。傍にいるとびんびんと感じるほど強烈な魔力だ。

でも、私は彼の『縁《えにし》の者』だからか、ノーチェの魔力を怖いとは感じない。

それに比べると、ここにいる面々の魔力はノーチェより低いはずなのに、いっそ暴力的なくらいに感じてしまう。

自然と竦《すく》む身体を、ノーチェがそっと傍で支えてくれた。

「案ずることはない。そなたは我が半身。何人たりともそなたに危害は加えさせぬ」

宥めるようにそう言われる。

私はゆっくりと深呼吸をし、ノーチェに大丈夫、と微笑んでみせた。

彼は私の様子を見て満足げに微笑み、跪く彼らに視線を向ける。

「紹介しよう。我が半身、リィーンだ」

「御身のお越し、我ら一同、心より歓迎いたします」

いかにも重鎮《じゅうちん》って感じの男の人がビンビンとお腹に響く重低音で歓迎の言葉を述べた。他の者がそれに合わせて一斉に頭を下げる。

跪いているのに大きく感じるその姿に内心びくびくしながらも、背中に触れるノーチェの手の温かさに助けられ、私は口を開いた。

「ありがとうございます。リィーンです。よろしくお願いします」

『名奉《なほう》じの儀』からほぼ半年。やっと八公達全員と顔を合わせることができた。

挨拶を済ませ、私達は席に着く。

ここは、魔界の重鎮達が話し合いをする際にいつも使う『朝議の間』らしい。

部屋の真ん中に大きな円卓があって、その周りに、やけに背もたれの高い椅子が並んでいる。一際豪華な椅子がノーチェの席で、私の席はその隣。

魔族は皆、背が高い。

彼らに合わせて設《しつら》えられたテーブルと椅子は私には大きすぎ、そのまま座れば子供のように足をぶらぶらさせることになってしまう。

そんな私のために用意してくれたのか、私の椅子は正面に、足置きとなる段差がついていた。

……これ、豪華仕様にはなっているけど、あれだよ、ファミレスにある子供用椅子だ。うん、これなら自分で登れるよね……って嬉しくないってば。

まあ、この段差がなければよじ登るか、ノーチェに抱き上げて座らせてもらうしかないのだから、子供用っぽくても仕方ない。

そんな風に私が心の中で葛藤しながら席に着くと、他のみんなもそれぞれの席についた。

私はそっと息をつくと、八公《はちこう》と宰相《さいしょう》を見回す。

並びは八公の方位の順らしい。ノーチェの左横に第一位水龍《すいりゅう》オクセンシェルナさん、そこから順に、第六位ナーガ族アクエンティンさん、第三位火竜《かりゅう》エルグレンドさん、第八位風龍《ふうりゅう》シースランカさん、第五位虎人族《こじんぞく》ガーヴさん、第二位エルフ族マノウヴァさん、第七位タルトン族バルデルクさん、第四位ヘルヴ族シェーラさん、そして宰相グレニールさんで、私。

第二位マノウヴァさんと第五位ガーヴさんは知っている。見慣れた顔があることにほっとするね。

目が合うと、強面《こわもて》のガーヴさんが私に小さく頷いて見せた。頑張れと言っているのか、それとも心配するなと言っているのか、どちらにせよ私を力づけてくれているようだ。

いつも怖いなあと思っていたガーヴさんが、この中では普通に感じる。うん、慣れって怖い。

私もそっとガーヴさんに微笑んだ。

ちなみに、最初に挨拶してくれた怖そうなおじさんが、第一位のオクセンシェルナさん。

前にノーチェが「彼の諫言《かんげん》には自分でも逆らえないくらいの凄みがある」と言っていた〝魔界のドン〟がこの人か。

さすがにすごい迫力だ。太い眉の下の眼光の鋭さは身体が竦《すく》みそうになるほどだけれど、今はその顔に仄《ほの》かな微笑みを浮かべている。

ぱっと見てヒューマンと外見が大きく違うのは、タルトン族とヘルヴ族だ。

タルトン族は三メートルを超す巨体を持つ、巨人の種族。

大きいといっても、愚鈍《ぐどん》な感じは全くない。豪華な服の上からもわかる引き締まった身体は、全身筋肉って感じ。

タルトン族のバルデルクさんの椅子は座高が低くなっていて、彼は長い足を円卓の下に入れ、窮屈《きゅうくつ》そうに座っている。

足を胡坐《あぐら》みたいに組んでいるのか、それとも伸ばしているのか。円卓は広いので、彼の長い足が前に伸ばされていても、対面の席に座る人に当たることはないだろう。机の下の足を想像すると、ちょっと楽しい。

ヘルヴ族のシェーラさんには、真っ白で綺麗な翼があった。整った容貌と輝くような金髪とあいまって、その姿はまさに天使だった。美しい！　と少しぽおっとなってしまう。

前に教えてもらった、琥珀王の娘だという人がこの天使さんか。宰相のグレニールさんの妹さんだっけ。

総合的に一番怖いのは、いかにも重鎮《じゅうちん》っぽいオクセンシェルナさんだけれど、目つきが最も怖いのは、第六位のナーガ族アクエンティンさんだった。

ナーガ族は大蛇の原形態を持つ魔族なのだそうだ。そう言われれば目つきの鋭さも、細身ながら強そうな肢体《したい》や長い指も、なんとなく蛇っぽい感じがする。

じろり、と睨《にら》みつけるような鋭い視線は、怒っているわけでも私を嫌っているわけでもないらしい。これがきっと、この人のデフォなんだろう。……あ、そう言えばガーヴさんと初めて会った時も、そう思った気がする。

他の人達は、ヒューマンとそこまで変わらない見た目だった。

こうして見ると、一口に〝魔族〟とくくれないほど多種多様だ。

原形態が巨大な魔族もいれば、ニンフみたいな小さな魔族もいる。燃え盛る火が好きな者も、極寒の空気が好きな者もいるだろう。

燦々《さんさん》と輝く日の下で暮らす者も、漆黒《しっこく》の闇がなければ生きていけない者すらいる。

いろんな種族の魔族を取り纏《まと》める仕事は、ヒューマンの国の政治よりもずっと難しそうだ。

「魔族にはたくさんの種族があって、すべての種族に暮らしやすい世界を作るのは難しいんでしょうね？」

そう問いかけると、ナーガ族のアクエンティンさんが頷いた。

「しかり。我ら八公《はちこう》は魔界すべてを司《つかさど》っておりまする。己が種族を特別視するわけにはまいりませぬ」

オクセンシェルナさんも続ける。

「そのため、空間属性を持つ者は幼き頃より八公のもとで暮らす決まり。種族の集落で育つと、どうしてもその種独自の考え方に染まってしまうゆえ」

子供の頃は親元で暮らし、少し大きくなればオクセンシェルナさんのところへ集められて暮らすことになるのだとか。

自分の種族だけと接していれば、公平な判断が下せなくなるからだそうだ。

空間属性持ちは、ガイアが選んだ資質の持ち主。魔界のエリートだ。

いずれ八公や宰相《さいしょう》をはじめとする要職に就くことになる。そのために、いわゆる管理職研修みたいなものを、時間をかけて受けるらしい。

魔界全体を見られる公平さを身に付けられるよう、教育を施《ほどこ》しているんだって。

魔族は皆、自分の種族に誇りを持っている。それはどの種族でもそうで、八公や宰相といえども、種に対する思いは強い。

だけど、魔界の上層部にいる者は、魔族全体のことを考えられなくてはいけない。

種族同士の諍《いさか》いを諫《いさ》めることも、八公の大切な責務なのだとか。その際に自分の種族を優先させたら不平等を招き、魔界の民達の不満や不信に繋がることになる。

八公の席は八つしかない。

当然、すべての種族がなれるわけじゃない。八公が自分勝手に自分の種族を優先させれば、八公に選出されていない種族は、魔界で暮らしていけなくなってしまう。

だからこそ、若い頃から多くの種族に交じって生活することが大切なのだそうだ。

多種族での国の運営には、こういう問題があるんだね。

私は魔界の話を、興味深く聞かせてもらった。

そんな風に、彼らの自己紹介も交えて魔界のいろいろな種族の話をして、場が温まったところで、話題は『名奉《なほう》じの儀』の件に移った。

約半年前、魔城へ行く直前に魔王の狂化の話をしてくれたガーヴさんの説明によると、彼らは〝ヒューマンの召喚の儀で呼ばれた異世界人〟というイレギュラーな私を魔王に会わせるかどうか、ものすごく悩んだのだとか。

まあ、それはそうだ。『縁の者《えにし》』はガイアが呼び寄せるのだから、ヒューマンの異世界召喚で呼ばれた私は『縁の者』じゃない虞《おそれ》が強かった。名を持てる可能性があると変に期待を持たせて、やっぱり駄目でしたなんてことになったら、狂化寸前の魔王にとってどれほどの落胆となるか……

もし彼らが私を魔王のもとへ連れて行かないと判断していれば、私の謁見《えっけん》の希望は八公《はちこう》のもとで握り潰《つぶ》され、私は今も何も知らずに過ごしていただろう。

ノーチェのことも、自分が召喚された本当の理由も知らないまま……

そうしたら、私はどうなっていただろう？

ノーチェがギューゼルバーンを攻撃することもなかったから、ファンテスマとギューゼルバーンの停戦はない。きっと今も、レオン殿下はコルテアに駐留したままだったはず。

私は日本に帰る手だても見つからず、魔王の狂化で世界が壊される時まで、鬱々《うつうつ》と日々を過ごしていたに違いない。もしかしたら、王太子の側室として迎え入れられていたかも。

そう考えると、たった一つの決断で、どれだけの者の人生が変わったか。

それを思えば、今の平和な時間が、ものすごく得難いものだったとしみじみ感じる。

『名奉《なほう》じの儀』が無事成功したのは、失敗した時の危険性を考えつつも、イレギュラーな異世界人に賭《か》けようと英断を下した彼らの快挙だ。

だから私も、彼らに感謝している。

彼らも、世界の破壊を未然に防ぐことができたことを、すごく誇らしく思っている様子だった。

「貴女《あなた》様を無事に王のもとへお連れすることができ、『名奉じの儀』が成《な》され、我らの労苦が報われた。王の御代《みよ》は数千年続く。我らにとってこれ以上の幸せはございません」

オクセンシェルナさんの言葉には、心が籠《こも》っていた。

八公は、『縁の者』を探すために大変な思いをしていたんだ。

ノーチェの魂《たましい》の疲弊《ひへい》が始まってから、何年もこの大地中を探し回ったはず。

「やはり『ガイアの申し子』を最初にあたったんですよね」

たしかガーヴさんもそう言っていたなと思いつつ尋ねると、オクセンシェルナさんが答える。

「無論。その後は、魔力の強い者や変わった技術を持つ者を探し、異世界人の可能性のある者には片っ端から会って確かめもうした」

それからは、彼らの奮闘についての話をいろいろ聞かせてもらった。

その時は大変だっただろう彼らも、こうやって『名奉じの儀』が無事に終わった今は、その苦労を笑って話せるのだろう。

ノーチェも、自分のために頑張ってくれた彼らを頼もしげに見守っていた。

やがて、チェンディエン荒野での盗賊達との攻防の話が出て、場がしんみりとする。

『縁の者』を探してチェンディエン荒野まで行き、隠れ住んでいた盗賊の頭を拘束してみれば、その男は前魔王、琥珀王の『縁の者』の弟子の子孫だったのだそうだ。

「我らが探し出すことの叶わなかった琥珀王の『縁の者』、『メイコウのコウメイ』の教えを汲《く》む者が、千年もの時を超えて現れるとは」

ため息交じりに首を振る風龍《ふうりゅう》シースランカさんの言葉に深く頷いたのは、ナーガ族アクエンティンさんとタルトン族バルデルクさんだ。

彼らは前王の時代から八公《はちこう》だった人達らしい。前王、琥珀王の狂化を防ぐことができなかったことを、彼らは未だに口惜しく思っているみたいだ。

その苦い表情から、彼らの痛みが伝わってくる。

同時に、ここにいる八人はもしノーチェが狂化したら彼を殺す人達なのだと気付いて、心がきんと冷えた。

震えそうになる私の手に、ノーチェの手がそっと添えられる。縋《すが》るように見上げた私を、彼は穏やかな紫の瞳で見つめた。

うん。そうだね。今、そんな先のことを考えて怯《おび》えても駄目だ。

私はノーチェに微笑みかけて、彼らの会話に加わった。

「琥珀王時代の『縁《えにし》の者』ですね。ガイアに教えてもらいました」

私は彼らの語る『メイコウのコウメイ』が『明高の孔明』であることを知っている。

「なんと。ガイアはそこまで『縁の者』に話してくださるのか」

シースランカさんが、驚きに満ちた声を発した。

この世界と、そこに住む生き物達を作り上げた神様――この地の唯一の神、ガイア。

直接ガイアの声を聞くことができるのは、魔王ただ一人。

唯一の例外が、『名奉《なほう》じの儀』を無事成功させた『縁の者』だ。

『名奉じの儀』の後、たった一度だけガイア神の御前へと呼ばれ、そこで「すぐに元の世界に帰るか、あるいはこの地で寿命を迎えたのちに帰るか」選ばせてもらえる。

これは八公も知っていた。

だけど、相手は神様。対話など、せいぜい『名奉じの儀』の労《ねぎら》いの言葉をかけて、その後の選択肢を示して終わりだと思っていたようだ。

驚いている彼らに、私は数代前までの『縁の者』の話を聞かせてもらったと説明した。でも、魔王の責務の話や、どうして『縁の者』が必要なのかという話は、ガイアの禁則事項に触れるのか口にできない。

「なんだか言えないことが多いですよね」

私がそう言うと、八公達も思うところがあるらしく、しみじみと頷く。

「左様。『縁の者』について話せるのはここにいる者のみ。せめて我らの補佐にも話せれば、もう少し手の打ちようがあったものを」

『縁の者』のことを知るのは八公と宰相《さいしょう》だけ。家族にも話せず、手足となって働く補佐達にさえも話せないのだそうだ。

魔城を取り仕切る宰相は、『縁の者』探しにはほとんど参加できず、実際に動くのは八公達だけ。異世界人を探しているとは口に出せても、『縁の者』と『名奉じ』について口外するのは禁忌《きんき》。だから、なぜ異世界人を探しているかを説明できず、誰にも言えなかったのだとか。

人数を揃えられたら、もっと見つけやすいだろうに。

空間属性を持つ魔族がたくさんいれば、数を頼んでのローラー作戦だって可能だものね。

もしかしたら、これもガイアの考えかも。

『名奉じ』の難易度を上げるためのハンディか。

「『明高の孔明』は、帰りたいなんて一度も思ってなかったってガイアが言ってました。能力を隠してひっそり暮らしていたって。きっと、だから見つけられなかったんだと思います」

私みたいにガイアの申し子としておおっぴらに活動したり、魔界と接点を取ろうとしたりしなければ、八公《はちこう》も私を見つけられなかったはず。

孔明君は帰る気がなかったから、ほんとに隠れていたんだろうな。ガイアが見せてくれた彼の映像では、村の囲いや変な道具を作って活躍していたみたいだけど、それもきっと村の秘密にしていたんだと思う。そんなところからも、彼の頭の良さがわかる。

ノーチェの『縁の者《えにし》』を探していたら、見つけられなかった前王の『縁の者』の子孫を見つけるって、なんだか因縁《いんねん》を感じる話だね。


会談の終わりに、宰相《さいしょう》のグレニールさんから「今後は高位魔族の護衛をお傍に」と言われ、びっくりしてしまった。

「護衛ですか？」

「ええ。貴女《あなた》様の護衛をヒューマンだけに任せていては魔界の名折れ。どうか我らにも貴女様を守る栄誉をお与えください」

でも、私にはいつもノエルがいてくれるし、移動する時は何十人もの青騎士達がぞろぞろとついてくる。結局、「まもるくん二号」も着け直しているのだ。護衛はもう十分だと思うんだけど……

どうにか断れないものかと、私はノーチェの顔をちらりと見る。

しかし、ノーチェは宥めるように私に語りかけた。

「そなたが心配なのだ」

不安で堪《たま》らないと言わんばかりに、彼の紫の瞳が揺れる。

ああ、そういえばノーチェ、私の守りが「まもるくん二号」だけじゃ心もとないって言ってたっけ。

「空間属性を持つ者であれば、ファンテスマ王都からコルテアの移動も容易《たやす》い。私がいればいつでも飛んでやれる。なれど、私が常に傍にいるわけにもゆかぬのだ」

ノーチェのその言葉に、グレニールさんが続けて説明をしてくれる。

翼犬《よくけん》がいるとはいえ、周りがすべてヒューマンでは覚束《おぼつか》ない。それに魔界からも護衛を出すことで、魔界がどれほど半身候補を大切に扱っているか、周囲に知らしめる必要がある。

そういう観点からも、魔族の護衛は必須、というのがグレニールさんの意見だった。

高位魔族は魔力が高くて身体も強靭《きょうじん》、護衛として申し分ない。

それに移動の安全性を考えると、できれば空間属性を持つ者にしたい。

また、空間転移には身体に触れる必要があるため、女性が好ましい。

この条件に当てはまる者から、私の護衛が選ばれたのだそうだ。

丁寧なグレニールさんの説明の後ろに、ノーチェの副音声が聞こえるようだった。

つまり……

フラジェリッヒ――卵の殻《から》並みに脆弱《ぜいじゃく》な私が、ノーチェの目の届かないところでふらふらと行動しているのが不安なんだろう。せめて自分の眷属《けんぞく》に守らせておきたいのか。

それに――

ノエルの背にクモンを乗せようとしたことが、こんなことに繋がるとは……

私はそっとため息をついた。

ノエルの背は広い。インド象サイズの巨体だもの。

横幅もあるので、片翼二メートルの大きな翼の付け根の間にも少し間隔がある。だから背骨に沿って寝転がれば、小柄な私だとすっぽり収まってしまうのだ。

だけど、背に座るとなると話は別。なぜなら大きな翼より後ろに座ると、ノエルが翼を広げる邪魔になるから。

そのため人が座る場所は、肩から翼の付け根がある辺りまでの限られたスペースしかない。

一人で座るなら余裕の広さ。でも二人だと、馬よりはましだけれど、けっこう密着して座ることになる。

ノーチェはそれが許せなかったみたい。

しまった。どうやら高位魔族の嫉妬深さを見くびっていたらしい。

その上、空間属性持ちでも、男性が転移の時に私に触れるのが嫌だから女性にすると言うなんて。

魔族の嫉妬深さがそこまで徹底してるとは……

私がそう考えている間もグレニールさんの説明は続き、選定した魔族についての話になる。

空間属性を持つ女性魔族は数が少なく、一〇人もいないとか。

そのうち、一番の実力者は八公《はちこう》第四位シェーラさん。その次がシェーラさんの補佐を務める女性。

いくら半身候補とはいえ、八公や八公補佐という要職にある彼女達に護衛の仕事をさせるわけにはいかない。

そこで、その次の実力者。その人が私の護衛となるらしい。

貴重な空間属性持ちの魔族に世話をかけるのは、ちょっと申し訳ないなあ。

まあでも、魔族にも友達ができれば、それに越したことはないよね。できれば話しやすい人であればいいのだけれど……

「護衛をしてくださる方は、なんという方ですか？」

「我が妹、ヴィオラと申します」

グレニールさんは誇らしげに名を告げた。その口調に、ヴィオラさんへの深い愛情を感じる。

「グレニールさんの妹って……」

グレニールさんは、確か琥珀王の子だったはず。

琥珀王の第一三番目の側室には子供が三人いて、それぞれ宰相《さいしょう》と八公第四位、もう一人は魔城の官吏《かんり》って言ってたような。魔王の子は母親の種族と無関係な種族になることがあるから、シェーラさんだけがヘルヴ族なのだとか。

って、ええ？　前王の娘に護衛してもらうってこと？

「ええ。前王、琥珀王が二の姫、私と同じエルフ族です」

そんな大物に護衛してもらうなんて、と焦る私をよそに、グレニールさんは隣の部屋に控えていたヴィオラさんを念話で呼び出す。

扉を開けて入ってきたのは、薄い茶色の髪を綺麗に纏《まと》め、アイボリーのドレスに身を包んだ女性だった。

さすがはエルフ。整った造形もさることながら、凛《りん》とした立ち姿も美しい。

ヴィオラさんは扉の前で一礼し、姿勢を正すと涼やかな声で話し出す。

「はじめまして、リィーン様。前王琥珀王が娘、エルフ族ヴィオラと申します。以後よろしくお願いいたします」

私も立ち上がり、急いで挨拶した。

「こちらこそ！　お世話になります」

つい上体を深く折り曲げてしまう。ヴィオラさんが「まあ」と手を口に当てて、眉をひそめた。

「リィーン。魔王の半身であるそなたが、そのように頭を下げなくてもよいのだ」

ノーチェにそう窘《たしな》められる。

頭を下げちゃいけない、って何度か注意されているんだけどさ、とっさに頭を下げちゃうのって日本人の癖みたいなものだと思う。あと何でも「すみません」って言っちゃうのとかも。

さっき八公《はちこう》に挨拶した時は、意識してまっすぐ立ったまま挨拶できたのに。まだまだアドリブに弱すぎる。

ヴィオラさんは、魔城で官吏《かんり》として働いているのだとか。こちら側の受け入れ態勢が整うまでは今まで通り城での仕事を続け、魔城とファンテスマを行ったり来たりすることになるらしい。

明日、私が王都へ帰る時に、彼女も着いてきてくれる運びになった。


夕食後、私は客室に案内された。

用意してもらった客室は、居心地のいい部屋だ。

今日は八公達に紹介されてたくさん話をしたから、なんだかとても疲れている。すでに構築されている人間関係の中に新しく入るのって、精神的疲労感がすごいんだよね。

宰相《さいしょう》と八公達は、私が『縁《えにし》の者』だと知っている。

『名奉《なほう》じの儀』に失敗した魔王は数百年で狂化。名を得ても、『縁の者』が異世界に戻ってしまって魔王の傍にいない場合は、三〇〇〇年から四〇〇〇年程度で結局狂化を迎える。

でも、『縁の者』が半身や眷属《けんぞく》としてずっと傍にいれば、魔王の治世は五〇〇〇年を超すと言われているのだ。

その話を知っている彼らは、今日全面的に私を歓迎してくれていた。

おかげで知らなかった話もいっぱい聞くことができた。

一度にたくさんの知識をインプットしすぎたせいか、落ち着かなくて眠れそうにない。私はベッドに入らず、床に座ってノエルに抱きついた。一日影の中にいたノエルも、私とのコミュニケーションに飢えていたらしく、寄り添ってくる。

ノエルのお腹にもたれて鬣《たてがみ》を撫《な》でながら、私は今日の八公達との会談を思い出していた。

長い会話の中には、気になることがいっぱいあった。考えなくちゃいけないことも。

とりわけ、すごく、すごく気になったこと――

それは、前王の『縁《えにし》の者』について。

『明高の孔明』の弟子の子孫は、もともとメルニーアという国の宰相《さいしょう》を務めていた家系だったらしい。国が滅び、残党狩りに追われ、仲間を集めて徒党を組んで盗賊となった。

この話を教えてもらった時、メルニーアってどの辺りかと聞いた私に、第六位のアクエンティンさんがこう答えたのだ。

「メルニーアは東にあった国ですが、キャスパロに滅ぼされ今はもうございませぬ。数年前、キャスパロに誕生したガイアの息子『雷光鬼《らいこうき》』によって、たったふた月で滅ぼされてしまいもうした」

その回答を聞いた瞬間、ちらりと疑問が浮かんだのだけれど、その時はそのまま流してしまった。

こうやってあらためてゆっくり考える時間ができてやっと、何に引っかかったのか気付いた。

――『雷光鬼』だ。

今、この地に『ガイアの申し子』は四人いる。って、私は本物の申し子じゃないから除外して、三人か。

『光の癒《いや》し手』リリアム。リビュエランカの『水の癒し手』。キャスパロの『雷光鬼』。

うち、攻撃魔法の申し子は『雷光鬼』一人だけ。

ガイアは、攻撃魔法の申し子はゲームバランスを壊すために作るって言っていた。

『理由はいろいろだね。このまま放っておくと飛躍的に文明を進歩させてしまうようなものを発明するとか、危険な物質を発見したりとか、そういう未来を回避するために必要な駒《こま》なんだよ』

攻撃魔法の申し子が現れて、起きたこと。おそらくそれが、ガイアのさせたかった内容だ。

で、その『雷光鬼』の功績は何か？

メルニーアという国を、たったふた月で滅ぼしたこと。

琥珀王の『縁の者』、『明高の孔明』の弟子の子孫が宰相を務めていた国、メルニーア。

その国の中枢はきっと、『明高の孔明』の知識を連綿《れんめん》と受け継いできた者達だ。

ガイアは異世界人が来ることは歓迎している。停滞した空気を変えられるからと。

だけど、一定以上の知識の向上は許さない。向上しすぎれば……壊す。

その破壊の対象って、異世界人が残した知識も含まれているんじゃないかな。

キャスパロの『ガイアの息子』が、メルニーアを滅ぼしたように。

村でひっそりと暮らした琥珀王の『縁の者』は『明高の孔明』と名乗り、村の人に知識を伝えていた。

本人は琥珀王の狂化の際に亡くなってしまったけど、彼の知識は弟子に伝えられている。

その知識を受け継いだものが宰相《さいしょう》になったから、知識が広まることを予測したガイアが『ガイアの息子』を生まれさせ、メルニーアを滅ぼした。

そう考えるとつじつまが合う。

孔明君が持っていた異世界の知識は〝ガイアがこの地のために排除せざるを得ないほどの何か〟だったんじゃないか。

ガイアは「やっちゃいけないことはできない」って言ってた。

実際、『スキャン』の魔道具は駄目だと言われたし、転移の魔法は使えない。それに『縁の者《えにし》』や『魔王の責務』についても、誰にも話せなかった。八公達《はちこう》もそれで苦労していたことからして、ガイアの定めた禁忌《きんき》は絶対なのだろう。

きっと『明高の孔明』にも、やろうとしてもできないことがあったはず。

だからやってきたことの一つ一つはきっとガイアの禁忌に触れなかったんだろう。

ガイアが許す程度の軽い知識や変革。

孔明君は三国志好きで、その彼が自分を孔明になぞらえるほどだ。すごく賢かったんだと思う。

私は三国志についてあまり詳しくないけど、孔明が軍師だということや『三顧《さんこ》の礼』で劉備《りゅうび》に迎え入れられたことくらいは知っている。あと、発明をいっぱいしていたとか。

もしそういう知識を使っていたのなら、いろんな道具を使ったり、軍師みたいに戦術を考えたりしていたのかもしれない。

そんな変化が少しずつ少しずつ積み重なり、それを知る者達が創意工夫を加え、長い時間をかけて緩やかに向上していく。

そして、ガイアが許せないポイントまで積み重なった時――

千年近くの時を経《へ》て、『ガイアの息子』がその知識を持つ国を滅ぼした。

命を懸けたチキンレースだ。ここまでならガイアの怒りに触れないか？　これならどうか？　そうやってだましだまし進歩していく。

まるで、天を目指したバベルの塔。

そこまで考えた私は、そういえば孔明君は琥珀王の狂化で亡くなったのだと思い出して、「あっ」と小さく叫んでしまった。

琥珀王の狂化による被害は、東半球の方がひどかったらしい。レオン殿下がそう言ってた。西半球は被害が少なくて復旧も早く、だからこそ西に位置するファンテスマと南のギューゼルバーンが、ヒューマンの土地の三分の一ずつを持つ大国になったのだと。

……いやだな。

もしかして、狂化の際に魔王が暴れる場所も、ガイアが誘導していたのかも。そんな想像をしちゃって、ぞくっとする。

魔王の狂化で一番に破壊されるのは、『縁の者』がいた場所なのかもしれない。

『縁の者』の知識は、多かれ少なかれ周りに影響を及ぼすもの。

うわあ……私がノーチェと会えず、名奉《なほう》じもできていなかったら……ノーチェの狂化で壊されていたのはファンテスマだったかもしれない。

想像すると恐ろしすぎて、いても立ってもいられなかった。私はノエルにもたれかかっていた上体を戻し、正座になって今までの自分の行動を振り返る。

私が今までしてきたことってなんだった？

癒《いや》し手として患者を治してきたことは、きっと問題ないと思う。だって目の前の患者の命を救っただけで、日本語で唱える私の術は、この世界の誰も理解できないはずだもん。文明レベルが上がることはないよね？

それ以外で、となると……

手洗い、うがいの奨励《しょうれい》。経口で病気がうつることや、病室を清潔に保つ必要性を説明した。内臓の役割とか、ちょっとした病気に関する知識を教えた覚えもある。マスクの作り方を説明したこともあったかも。

それくらいだよね。これでどれだけ死亡率が下がるんだろう。

劇的な変化じゃない、はずだ。

でも『明高の孔明』だって、きっとそうだった。できることは禁忌《きんき》に触れないことだけだもの。

だけど、琥珀王の狂化で東半分は壊滅《かいめつ》したし——いや、琥珀王の狂化で孔明君が死んだのは偶然で、私の考えすぎなのかもしれない。

とはいえ、ガイアの息子『雷光鬼』がメルニーアを滅ぼしたのは、ピンポイントで孔明の知識のせいだと思う。

私は、これからどうすればいいのかな。

私の知識を、どこまで使えばいいのかな。

それに——

……さっきも考えた通り、狂化した琥珀王をガイアが東半球に誘導したっていうのは、私の考えすぎかもしれない。

でも、文明の発展が一定水準で保たれることをガイアが推奨しているのは、確かだと思う。

狂化によって世界を一度更地にかえし、人の数を減らし、上がりすぎた文明をまた下げる。

魔王の狂化も、この世界を長く続かせるためのシステムに組み込まれているってことだ。

ガイアの言葉が耳に蘇《よみがえ》る。

『進歩は恐ろしいものなんだよ。そんなことをすれば紫魂の狂化が早まるだけだよ。人はすぐ増えるからね。文明が進めばそれだけ人が死ににくくなる。人が増えれば精霊の穢《けが》れもひどくなるし、怨嗟《えんさ》の声も高くなる。言ったでしょ。紫魂が支えられる数にも限界がある』

『神なんてね。残酷で非道で理不尽なものだよ。人を生かし、守り、育て、増えすぎたら間引く。教え、導き、繁栄を促《うなが》し、栄えすぎたら壊す。それもすべてこの小さな箱庭を長く続かせるため。君の世界で言うところの天使と悪魔の仕事を全部やっているわけだね』

――魔王の狂化。

数千年間、精霊の穢れや生き物の怨嗟の声を受け止め続けた魔王は、いずれ魂《たましい》の疲弊《ひへい》に耐えられなくなり、狂化する。

狂化すれば暴れ出し、眷属《けんぞく》達の手によって斃《たお》されるまで破壊を続ける。

魔王の狂化により破壊された世界は、文明レベルを下げる。

そうすれば宿木《やどりぎ》から新しい魔王が生まれ、破壊された大地は幼き精霊達と共に再び成長していく。

人はまた大地に満ちる。

ガイアは〝数百年ごとに繰り返される世界の破壊をなんとかしたくて、魔王に名を与えることにした〟と言ってた。

私はガイアが魔王の狂化を止めたいのだと、そう思っていたんだけど……

狂化して破壊するところまでワンサイクルなんだ。つまり、魔王の狂化自体はガイアも阻止しようとはしていないってこと。ただ、そのスパンを調整したいだけ。

ガイアはそうやってこの大地を、小さな箱庭を存続させてきた。

魔王の犠牲の上にある箱庭の存続。

ノーチェ――

この地に君臨する至高の存在。

私にとっては、魂《たましい》の繋がった大切な人。

彼の穏やかな微笑みを思う。愛おしげに細められる紫の瞳を。惜しみなくそそがれる愛情を。

私に甘えて、依存し、焼き餅をやく、子供みたいなノーチェ。

ノーチェが……数千年後、狂化する。

それはもう、止められない？

私は、ノーチェを支えていけるのか。

私は……どうすればいいのかな。

第五章　琥珀王の娘

翌日、ノーチェの転移によって、私はファンテスマ王都に帰ってきた。

転移してもらったのは、私の屋敷の前。

あらかじめ伝導話器《でんどうわき》で連絡しておいたため、屋敷の者が揃って出迎えてくれた。

「お帰りなさいませ、リィーン様」

フォルトナーさんの言葉に、整列したクリスさん達侍女が揃って一礼する。

そして――

「こちらがリィーン様の屋敷ですか……魔王陛下の正妃候補の屋敷としては、少し小さすぎるのではありませんか」

冷ややかな視線を屋敷に向けた美女が、眉をひそめて呟く。ノーチェに続いて転移してきた私の新しい護衛、ヴィオラさんだ。

「控えろ」

ノーチェの言葉に、彼女は居住まいを正した。

「申し訳ございません」

ヴィオラさんが一礼すると、緩やかなウェーブを描く薄い茶色の髪がふわりと跳ねる。

私からすればお城にしか見えないこの屋敷も、生粋《きっすい》の姫であるヴィオラさんには小さすぎるらしい。

「中は侍女に案内してもらえ」

ノーチェはヴィオラさんにそう言うと、少しだけ表情を優しくした。

「期待しているぞ……ヴィオラ、そなたも励め」

ヴィオラさんはその言葉を聞いたとたん、はっとしてノーチェを見上げる。そして恍惚《こうこつ》の表情を浮かべ、深く頭を下げた。

「ありがたき幸せ。このヴィオラ、陛下の御心《みこころ》に適《かな》いますよう、精一杯努めます」

ノーチェはヴィオラさんの言葉に頷くと、私に向かって微笑みかける。

「これはそなたの手足となろう。存分に使ってくれ……また会いにこよう」

「あ、うん。ありがと、ノーチェ」

ノーチェが虚空《こくう》に消えると、私の影からノエルが出てきた。

私はヴィオラさんのことをクリスさんに任せ、ノエルと一緒に部屋に戻る。

……帰ってきた。

地の日——木曜日に出発してコルテアに行き、そこから魔界に行って水の日——水曜日に王都に帰還。ちょうど一週間の旅だ。

ものすごく、充実した旅だったと思う。

私はソファにどさりと腰かけ、ほっと一息ついた。

考えなくちゃいけないことがいっぱいある。

でも、魔王の狂化のことも、『ガイアの申し子』の禁忌《きんき》についても、今すぐどうにかできる問題じゃない。

考えなくちゃいけないけれど、考えすぎて止まってしまえば、また私は堂々巡りを繰り返してしまう。悩むな。悩むな美鈴。

――主《あるじ》――リィーン――

気遣うようにそっと鼻を押し当ててくるノエルの鬣《たてがみ》を撫《な》でながら、私はしばらく座っていた。

やや時間が経った頃、クリスさんに転移先のポイントとなる場所――エントランスやサロン、私の執務室などを一通り教えてもらったヴィオラさんが、部屋に戻ってきた。私は彼女に声をかける。

「お疲れ様、ヴィオラさんもこちらに座ってください」

侍女であるクリスさん達は、私の居室で私と一緒にソファに座ることはまずない。青騎士達も、打ち合わせの時なら座ることもあるけれど、護衛中はずっと立っている。

ヴィオラさんも護衛だから、ソファを勧めるのはおかしいかもしれない。とはいえ、高位魔族様を立たせておくのも、私が気になるんだよね。

だけど、ヴィオラさんにきっぱりと断られた。

「正妃候補の護衛は、恐れ多くも陛下直々に仰せつかった御役目です。わたくしは護衛として部屋の隅におります。どうぞわたくしのことはいないものとお考えください」

どうやらヴィオラさんは、ノーチェに「励め」と言われたことで、ものすごくやる気になっているみたい。彼女は固い決意に瞳を輝かせていた。

ヴィオラさんは空間属性持ちのため、不審な者がいればすぐに転移できる。なので、同じ部屋にいさえすればいいらしい。

護衛といっても、ずっと近くにいてもらう必要はないのだ。

私もプライバシーは大切にしたい。ずっと傍にいられると気が抜けないもの。

だからヴィオラさんには何かあれば呼ぶので、寝室には来なくていいとお願いしてある。

当面は執務室での仕事中と、外出する際の護衛を頼むと決まった。

私の居室の扉近くの壁沿いに、ヴィオラさん専用の椅子と小さなテーブルが用意される。

最初はみんな、部屋の隅で微動だにせず座っている高位魔族の姿を気にしていたけれど、数日もすれば彼女がそこにいることが日常となった。


屋敷に戻ってから数日後、私は王城へ招かれた。

今日もヴィオラさんがついてきてくれている。

さすがに王城へ転移で移動するわけにはいかない。ヴィオラさんも私と一緒に馬車に乗り、登城することになる。しかし、馬車の中で特に会話はない。

これまでも時折話しかけたけれど、「今は護衛中ですので」とあまり会話ができなかった。

青騎士だって護衛中はほとんど会話に参加しないのだから、ヴィオラさんだってそれと同じだろう。

それでも気にしてしまうのは相手が女性だからか、高位魔族でしかも琥珀王の娘だという立場ゆえか。

機会があれば、騎士達にしているみたいに休憩時間に話しかけよう、とそっと心に誓う。

王城に来たとはいえ、今日は難しい話はない。

犬好きの小さなお姫様、オリーヴィア姫との茶会に招かれたのだ。

ノエルに会いたいと何度も姫にせがまれた王太子から、会ってやってほしいと頼まれ、今日の茶会となった。

与えられた控え室で、茶会に行く前の準備を整える。

「ご準備が整いましたらご案内いたします。ヴァルナ・リィーン」

控室に通してくれたファムディヒト宮の侍従に、声をかけられた。

侍女のクリスさんが私の髪や化粧を手早く直す。

屋敷から馬車で移動しただけだ。特にお化粧直しの必要もないのだけれど、これも様式美ってやつかな。

あ、そうだ。

私は首にかけていた「まもるくん二号」を外した。

私を卵の殻《から》同然の弱さだと不安がるノーチェに、これの手直しを頼むのは申し訳なさすぎて、悩んだ末、現状そのまま使っている。

反撃が発動しませんようにと心で祈り、できるだけ人との接触を避けつつの使用だ。

だけど、今日はあの犬好き姫様との茶会。小さな姫は、またいつ癇癪《かんしゃく》を起すかわからない。「まもるくん二号」をつけたまま会うのは危険かも。

そう考えて、念のため外しておくことにしたのだ。

もちろん、私の守りがなくなるのは本末転倒。だから事前に『防御膜』を唱えておく。これで不意の事故や予期せぬ攻撃にも対応できる。

……問題の先送りってのはよくないよね。早く修正を頼むなり、新しい魔道具を用意するなりの対応が必要だとわかってはいるんだけどさ。

ノーチェ、これを直してほしいって言ったらなんて言うかな……

まもるくんを眺めて考え事をしていた私は、ふと視線を感じて顔を上げる。すると、こちらを凝視《ぎょうし》しているヴィオラさんがいた。

私の視線に気付いたヴィオラさんは、ふいと視線を外し、またいつもの取り澄《す》ました表情に戻った。

もしかすると、これが魔道具だと気付いたのかな？

ノーチェの『魔法不可視』の呪文がかかった魔道具だ。魔族は魔族の魔力がわかるから、ノーチェの作成したものだと気付いたのかもしれない。何の魔法が付与されているかはわからないだろうけどね。

とりあえず、まもるくんを片付けなきゃ。

私はそう考えながらアイテムボックスにしまおうとして、ふと思い出す。

そうだ。ヴィオラさんは空間属性持ちだった。

空間属性持ちの前でアイテムボックスを使ったら、空間が歪《ゆが》むからすぐにわかるとノーチェに教えてもらったんだった。

私が亜空間倉庫を使えることは、あまり人には知られたくはない。私はまもるくんをそっとドレスのポケットにしまった。

この魔道具は首にかけているか、手に握っていなければ発動しない。ポケットに入れていれば、もしまた姫が癇癪《かんしゃく》を起こしても反撃することはないだろう。

「用意は整いました。案内、よろしくお願いします」

私は侍従に声をかけて立ち上がった。


王家の人達は魔力の高い者が多く、その分寿命も二、三〇〇年と長くなる。王太子もすぐに後継者を作る必要がないため、子供はまだ姫だけらしい。

この国では女性には王位継承権がない。王太子に王子が生まれるまで、王位継承権の第一位はレオン殿下なのだそうだ。

とはいえ王太子の子供なのだから、彼女の護衛体制はものすごく物々しい。

私にも、騎士達がぞろぞろついてきているんだけどね。

今日の茶会の場は、私のお気に入りスポット、「薔薇《ばら》の回廊」の近くにある広場だった。

ここは景観の美しさと警備のしやすさから、貴族達の茶会が開かれることが多いのだとか。

侍従の案内で薔薇の回廊を進むと、広場ではすでに姫達が待っていた。

幼いながらもホスト側である姫は、ドレスの裾をつまみ、可愛らしいお辞儀で出迎えてくれた。

おおおお！　可愛い。

「お招きありがとうございます、殿下」

私も礼を述べる。

私は跪《ひざまず》く必要がない……というか、魔界との兼ね合い上、私の立場はヒューマンの王族に準ずるとされているから、跪いてはいけないらしい。

なので、頭も下げないよう意識しながら、挨拶を済ませた。

侍女に促《うなが》され、私は席に着く。私の後ろにノエルが座り、やや離れてヴィオラさんとクリスさんが立つ。護衛達はもう少し後ろに並んでいる。

茶会のために用意されたテーブルは可愛らしく飾られていた。純白のテーブルクロスの上には、花柄のティーセットと、美味しそうなスコーンや焼き菓子がたくさん並べられている。

庭園の風景の中での茶会は、まるでアリスのティーパーティみたい。

そういえば、〝お茶会〟というものに参加するのは初めてかもしれない。わあ、私、貴族っぽい。

そんなちょっと間の抜けた感想を抱きながら、姫に改めてノエルを紹介することにした。

「ノエルです。殿下」

「ぇるー？」

小さな姫君が小首を傾げて私を見上げる。舌っ足らずな言葉が可愛い。

「ええ。ガウワンは嫌なことをされると逃げちゃいますよ。殿下はとても賢い方ですから、離れて見るだけで我慢できますね？」

「あい」

あらかじめ侍従や乳母《うば》に言い聞かせられたのか、今日の姫は聞き分けがいい。

たった二歳で……数え年だから実質まだ一歳だ。それで触っちゃ駄目だよという言葉に「あい」と言えるのは、すごく賢い。

まあどこまでわかっているかは、ちょっと疑問だけどね。

「るー」

姫はその胸に抱きしめていたぬいぐるみを両手で押し出すようにノエルに向け、話しかける。

「あー」

ノエルにぬいぐるみを紹介しているのかな？

ノエルは幼女の甲高い声にちょっと迷惑そうだけれど、ノーリアクションだ。

「あーちゃんとるーちゃんは仲良しさんですね」

私は姫に笑顔で声をかける。ごめん、ノエル。ちょっと犠牲になってもらおう。

――ノエル、あー、知らない――ノエル、ぬいぐるみ、いらない――

うんうん。でも可愛いじゃん。少しだけ付き合ってあげてね。

「あー、るー」

きゃっきゃと、姫が嬉しげに笑う。

それはとても可愛らしい声だったものの、ノエルは甲高い子供の声が嫌だったみたい。

乳母の静止を振り切り、よちよちと近付こうとする幼い姫を見て、ノエルはすっと私の影に消えた。

「るー？」

驚いた姫が、ぽかんと口を開けて私を見上げる。

「るー、嫌だって。触られたくないって逃げちゃいましたね」

「……るー」

ぬいぐるみのあーを抱きしめて、名残惜しそうにノエルの消えた地面を見つめる姫。しゃがみ込んで地面をぺちぺち叩く姿が可愛い。

「また会えるといいですね。次は離れてお話ししましょうね」

私もしゃがみ込んで目線を合わせて言う。すると、姫は可愛らしいふくふくとした顔に、幼いながらも精一杯の決意を滲《にじ》ませて「……あい」と答えた。

あれ？　怒らないんだ。

治療の時の様子から、ノエルがいなくなったことで癇癪《かんしゃく》を起こすかと身構えていたのに。

あの時は、病み上がりだったから我が侭になっていたのかも。

よかった。

これなら、またこうやってノエルと会うチャンスを作ってあげられる。

私は姫のご機嫌をとりつつ、しばらくお茶を楽しんだ。


屋敷に戻ってきた私は、ちょうどやってきたリリアムと、サロンで寛ぐことにする。

護衛はいいと断ったのだけれど、ヴィオラさんはついてきて扉の傍の椅子に腰かけた。

リリアムに会うのも久しぶりだ。

前々から準備していたリリアムの屋敷ができたため、彼は今はそちらに住んでいる。といっても、うちの屋敷の隣だから、会おうと思えばすぐに会える距離なんだけどね。

「やっぱり、ここに来るとほっとするんだ」

男爵として、慣れない執務に取り組もうと勉強中のリリアムは、疲れているのかクッションの上に行儀悪くぱたりと倒れ込んだ。

天使のような容姿のおかげで、そんな風にしても可愛らしいのって、やっぱり詐欺だと思う。

「隣の敷地なんだし、いつでも来ていいんだよ。ちゃんとバウマンさんに言ってからだけどね」

お疲れ気味のリリアムを労《ねぎら》っていると、いつもは話さないヴィオラさんが口を開いた。

「この方は、恐れ多くも魔王陛下の正妃候補ですのよ。人の子の分際でなんですか、その態度は」

憤慨《ふんがい》したヴィオラさんが叱りつけるようにぴしりと言い放てば、リリアムは肩を竦《すく》めた。

「いいじゃん。うるさいよお前」

「まっ、お、お前ですって？」

いきなりお前扱いされたヴィオラさんは、驚きのあまり目を白黒させた。

ヴィオラさんの言葉にどこか引っかかるものを感じながら、私は「まあまあ」ととり成《な》そうとした。すると、彼女はキッと眦《まなじり》をつり上げ、私を睨《にら》みつける。

「リィーン様。偉大なる御方、魔王陛下の正妃候補として、このような無礼を許してはなりませんわ」

アグネスとクモン、リリアムは私が対等に話している数少ない友人だ。もちろん公《おおやけ》の場では、彼らもちゃんと私を立ててくれる。せめて屋敷にいる時くらい普通に話したいんだけど……

そう考えていると、リリアムがニヤリと嗤《わら》った。

「お前さあ、さっきから何だよ。リィーンは〝正妃候補〟じゃない。〝半身候補〟だよ」

ヴィオラさんがさっと青ざめる。

私もはっと気付く。前からヴィオラさんの言葉に何か引っかかるものを感じていたんだけど、やっとわかった。ヴィオラさんって、ずっと〝正妃候補〟って言ってる。

リリアムは馬鹿にした調子で言葉を続けた。

「半身を得た魔族は他の女には見向きもしない。でも正妃なら、側室も〝あり〟だって思ってるんだろ」

「……確かにリィーン様は半身候補ですわ。ですが、今はまだ〝候補〟にすぎません。半身とは成されず正妃に据え、他に側室を置くことも考えられましょう」

ヴィオラさんの言葉に、琥珀王が後宮を持っていたという話を思い出す。

もしかして、ノーチェもそのつもりなんだろうか？　……ううん。そんなことはないはず。

「ノーチェは側室が欲しいなんて、私には一度も言ってませんよ」

だってノーチェはずっと、私に半身になってほしいと言ってるんだから。

だけど、ヴィオラさんは首を横に振って答える。

「わたくしが愚考いたしますに、陛下はきっと後宮を持ちたいとはおっしゃらないと思います。リィーン様はご存じないでしょうが、清廉《せいれん》な陛下は、日頃より、ご要望を口に出すことを良しとなさいません。ですから言葉にされぬそのお心を慮《おもんぱか》るのは、わたくし共お傍に侍《はべ》る者の責務でございましょう」

言わないだけで、側室を持つことを望んでいる？

私の心が揺らいだことがわかったのか、ヴィオラさんは畳みかけるように話し始める。

「半身を得た魔族はただ一人だけを愛し続けます。ですが、半身となるに相応《ふさわ》しい方がいらっしゃらない王は、複数の妻を娶《めと》ることも当然ございますわ。その場合、一人を正妃と成《な》し、その他を側室と成さいます。側室の筆頭はいわば第二夫人の扱いですわ。ねえリィーン様、貴女《あなた》様は未だ魔族の習性にも疎《うと》くていらっしゃる。それに陛下との御縁もまだ短い。陛下が日頃どのようにお暮らしか、陛下のお好みの飲み物は何か、ご存じないでしょう？　時には視線一つ、手の動き一つでお命じになられることもございますわ。それを察して差し上げることが貴女様にできましょうか？　魔王陛下はその在位中、この箱庭を支え続けるという重責を担っておいでです。お傍近くでその御心を支えて差し上げるには、何もご存じではないリィーン様お一人では荷が重すぎるのではありませんか」

「後宮を作って、側室をたくさん入れた方がいいってことですか？　琥珀王みたいに」

ヴィオラさんは誇らしげに胸を張り、話を続ける。

「先の魔王陛下は、決して我欲のために後宮を設けたわけではございませんわ。連綿《れんめん》と受け継がれる次の世のために、次代の王達が半身を得ることがなくても、少しでも長くその在位が続くようにと、琥珀王が御心を砕いてお考えになった仕組みです。半身を持たぬ王への、琥珀王からの贈り物ですわ。リィーン様は聡明なお方ですからおわかりでございましょう？　貴女様《あなた》お一人で、本当に陛下の御心《みこころ》に適《かな》うのでしょうか。そのご負担を少しでもお助けする者は、多ければ多いほどよろしいのではないでしょうか」

　立て板に水、といった風によどみなく紡がれる言葉に、私は圧倒されていた。

「だからこそ陛下は、未だリィーン様を半身と成さらず、様子を見ていらっしゃるのではないでしょうか」

「え？」

「陛下はこの任に就く際、わたくしの名を呼び、『励め』とおっしゃられました。これほどの期待をかけていただいて、わたくしもやっと陛下の御心がわかりました。わたくしはリィーン様、貴女様にはないものを持っております。七〇〇年に亘《わた》る魔城での経験と知識、前王の娘としての奥の知識と魔界での地位、高位魔族の高貴な血。貴女様とわたくしが協力して補い合えば、どんな時でも陛下を支えて差し上げられるのではありませんか？　ですから陛下は、リィーン様を半身とはせず正妃の座に据え、わたくし達に側室となって奥を盛り立てていってほしいとお考えなのではないでしょうか」

「ないでしょうか」と疑問形を取りつつも、断定的なヴィオラさんの言い方。私はなんだかすごく悔しくなって、つい嫌味な言葉を口にしてしまう。

「ヴィオラさんは、ノーチェのことをすごく知ってるのね」

我ながら嫌な言い方をしたと思ったのだけれど、ヴィオラさんはとても幸せそうな笑みを浮かべて胸を張る。

「ええ。だってわたくしはいつも陛下のお傍で見ておりましたもの。陛下のお気持ちはよくわかっておりますとも。陛下がどれだけお優しい御方か、このわたくしが一番よくわかっております。王城にて七〇〇年も勤め、また元王の娘として魔王の責務のなんたるかをよく知るわたくしが、陛下のことを一番よくわかっておりますわ」

ヴィオラさんの丁寧でありながら熱心な言葉は、やけに耳についた。

わかっていると言葉を重ねられるたび、なんだか心の奥がもやもやとしていく。

その〝もやもや〟の意味がわからず混乱していたら、とげとげしい声がヴィオラさんの言葉を遮《さえぎ》った。リリアムだ。

「お前、うるさいよ」

ヴィオラさんがリリアムに冷たい視線を向けると、リリアムも冷笑を浮かべてまた口を開く。

「すごいね、お前。嫌らしい女の臭さが滲《にじ》み出てるよ。……神殿で寵《ちょう》を競っていた女達と同じ臭いがする。臭くて臭くて堪《たま》んない」

そう語るリリアムは、すごく男の顔をしていた。

あれ？　なんだかリリアムが大人だ。

神殿の奥で何も教えられず育ったリリアムにも、平和な日本でのほほんと暮らしていた私より、ずっと大人な部分があるんだろう。

だって私は、なぜこんなにもやもやしているのか、まだわからないんだから。

「リィーン、今の聞いてどう思った？　嫌な気持ちになったでしょう？」

断定するみたいにリリアムに言われた私は、不機嫌そうなヴィオラさんの顔をちらりと見て、申し訳なく思いながらも、そっと頷く。

「……でも、理由はよくわからなくて」

「馬鹿だな、リィーン。そんなことも知らないなんて」

「どういうこと？」

リリアムは肩を竦《すく》めた。

「リィーンだって、ほんとはもうわかってるでしょう？　それって嫉妬だよ」

リリアムは、私にどうしようもない子供を見るような目を向けてふっと微笑むと、その瞳を怒らせ、ヴィオラさんを見上げた。

「お前さ、リィーンの称号知ってる？」

「『黒の癒《いや》し手』と『ヴァルナ・リィーン』ですわね」

それがなんだとでも言いたげに、ヴィオラさんが見下した調子で言う。リリアムはにやりと皮肉な笑みを浮かべて、また口を開いた。

「もう一つあるんだよ。この地でたった一人しか呼べない称号が」

「……そういう話は聞いたことがあります」

ヴィオラさんは苦々しげな表情で答えた。

「そう。ならさ、お前、そう呼ばれたことあるの？　魔王に。他の者には決して呼ばせない名で。ねえ、呼ばれたことあるの？　ニィル・ヴォールダ・ヴィオラって」

「……さい」

「は？」

「うるさい！　たかがヒューマン風情《ふぜい》が、このわたくしになんという口の利き方」

「わかってるんだろう？　お前じゃ勝てないって。言いくるめてお零《こぼ》れにあずかろうなんて、ムシがよすぎるよ」

二人の言い合いと睨《にら》み合いがすごくて、私は「もうやめて」と仲裁に入った。

そして、少しだけ申し訳なく思いながら、ヴィオラさんの誤解を解くために話しかける。

「あのね、ヴィオラさん。半身の契約がまだなのは、私が待ってもらっているからなの」

リリアムを睨んでいたヴィオラさんは、弾かれたように私を見た。

驚愕《きょうがく》の表情を浮かべた彼女は、恐る恐るといった風情で私に尋ねる。

「リィーン様が？　陛下をお待たせ……しているのですか？」

「うん。まだ考える時間が欲しくて」

そう答えると、ヴィオラさんが眉をひそめた。

「あのね……」

半身になったら数千年だ。そう簡単に答えは出せない。

しっかり覚悟のできていない私が半身になるのは駄目。生半可《なまはんか》な気持ちでは、いずれ後悔する時がくる。だからこそ、しっかりと自分で決めなくちゃいけない。

ノーチェは私が決めるのを、じっと待ってくれているのだ。

そう私が説明しようとしたその時、結界が歪《ゆが》み、ノーチェが現れた。

「リィーン」

私に微笑みかけようとしたノーチェは、部屋に漂う微妙な空気に気付いたのか、訝《いぶか》しげに首を傾げた。

「……御前、失礼いたします」

ヴィオラさんはそう言った次の瞬間、ふっと虚空《こくう》に消えた。

帰っちゃった……

「何かあったのか？」

「ええっと……」

ノーチェの問いに、なんて言っていいものかと言い淀《よど》んでいると、リリアムが立ち上がりながら口を開いた。

「じゃあ僕も帰るよ。リィーン、ちゃんと聞くんだよ。黙っててもいいことなんかないんだからね」

リリアムはそう言うと、ノーチェに向かってまるで舞台俳優のような大げさなお辞儀をして部屋を出ていった。

ぱたりとドアが閉じられる。

私達はあっという間に二人きりになった。

「いったい何があった？」

訝しげなノーチェの問いに、私は、何と言おうかと悩みつつも口を開く。

「ノーチェ、側室欲しかったりする？」

「あれがそう言ったのか？」

そのしんと冷えた声に、ひやっとする。

この世界の頂点、魔王様のご機嫌を損ねたらどうなるのか。

ヒューマンの国王の城を壊しても許される絶対的権力者だ。この問いを肯定したら、いくら前王の娘でも罰《ばつ》を受けるかもしれない。

さっきのことに納得はいってはいないけど、言いつけるほどの話でもない。

だから、私はとっさに否定した。

「違うの。ヴィオラさんに今までの魔王達の女性事情というか、半身を持てなかった王がどうしていたかとか、そういうのを教えてもらってたの。それで、正妃がいても後宮を持っていた魔王の話も聞いたから、もしかしたらノーチェも側室とか持ちた――」

「リィーン」

ノーチェはべらべらと話す私の言葉を遮《さえぎ》ると、ふっとため息をついた。

彼はその長い腕でそっと私を囲うと、髪にキスを落とす。

「リィーン。私はそなた以外欲しくはない。どのような美姫も、どのような才媛も、どれほどの甘美な魔力を持つ者も、どれほどの快楽を得られようとも。他の者などいらぬ」

私を囲う腕に力がこもる。ぎゅっと抱きしめられた。

「名を持たぬ魔王に心の安寧《あんねい》などない。誰かを愛することなどありえぬ。今までの八〇〇有余年の生のなか、この心に響いた女人など一人もいなかった。……信じてもらえぬか？」

耳元で囁《ささや》く声に甘さが滲《にじ》む。

「私が欲しいのは、今までも、これからも……リィーン、そなた一人だ」

そうか……

狂化の恐怖と戦いながら、ずっと箱庭を支えてきたんだもの。

魂《たましい》に枷をつけられた私と同じで、ノーチェも今まで恋愛など考えられる状況ではなかったんだよね。

ああ、私、ヴィオラさんに嫉妬していたんだ。

今、すごく納得した。すとんと、何かが落ち着いた感じ。

そっか。嫉妬だこれ。

ノーチェが側室を欲しがっているだなんて、本気で信じたわけじゃない。ただ、私よりもずっとノーチェについて知っているんだと言わんばかりのヴィオラさんの言葉を、全部否定することができなかったから。だから嫉妬しちゃったんだ。

だって、私はノーチェと出会ってまだ一年にも満たない。

私はノーチェの昔を知らない。名を持たぬ魔王の、大地の怨嗟《えんさ》の声を聞き続けた八〇〇年以上に亘《わた》る辛い日々を知らないのだ。その八〇〇年、ノーチェを支えたのは魔界の眷属《けんぞく》達。彼らの中に、今までを知らない私が入り込む余地はない。

私の知らない八〇〇年を知っているヴィオラさんに、ずるいと。

ノーチェに何にも返せていない私が、ヴィオラさんに焼き餅を焼いたんだ。

「リィーン」

その声に滲む愛情が嬉しい。

だけど、ノーチェの想いに、私はちゃんと応えていない。

いつもいつも心配されてばかりで、守られてばかりで。私は何も彼に返せていない。これで本当に半身候補なんだろうか。

今までの八〇〇年を取り返すことはできない。だけど、私にできることは、きっとあるはず。

私は俯《うつむ》いて少し考えた。

「リィーン？　どうしたのだ？」

急に俯いた私に、怪訝《けげん》そうにノーチェが問いかけてくる。

私は、ある決意を持ってノーチェの紫の瞳を見上げた。

「……リィーン？」

「美鈴」

「ん？」

首を傾げた柔らかな表情に、愛おしさがじんわりと広がる。

『美鈴。私の名前。神崎美鈴っていうの。ノーチェにはちゃんと名前を知ってほしい』

私の言葉に、魔力が籠《こも》った。

真名を知られたら、魔法をかけられたり、支配されたりという危険がある。だからこそ今まで誰にも教えず、ずっとリィーンと……リィーン・カンザックと名乗っていたのだ。

でも、ノーチェになら教えてもいい。

ううん。ノーチェに、知ってほしい。

この世界にきて一〇ヶ月、初めてそう思えるようになった。

私の言葉に、ノーチェはこちらがおののくほどの美しい笑みを浮かべた。

「美鈴。そうか。神崎美鈴か。それがそなたの真名なのだな。美鈴。よい名だ」

みすず、と口の中で何度も呟く。

真名は魂《たましい》をそのまま表す言葉なのだそうだ。そのせいか、慣れないはずの日本語の名前を、ノーチェは正しく発音した。

ノーチェに「美鈴」と呼んでもらうと、魂が震えてしまう。ああ、繋がっている。心からそう感じられる。

これが真名を渡すということなのか。

「そなたが私に真名を教えてくれたことが、この上なく嬉しい」

ノーチェは心からの微笑みで私を抱きしめた。

「二人きりの時はその名を呼ぼう。美鈴。ニィル・ヴォールダ・美鈴」

感極まったように囁《ささや》くノーチェは、やがて身体を離すと、私の目を見て口を開く。

『美鈴。あらためて我が名をそなたに授けよう。我が名はノーチェ。この名はそなたのものだ』

いつも呼びかけている名前なのに、今の名乗りには魔力が籠っていた。

私に真名を名乗ってくれたの？

あれ？　私がつけた「ノーチェ」という名は、真名になるのか。

もしかして、これって内緒にしなきゃいけなかったんじゃないの？　私、他の人の前でも普通にノーチェって呼んじゃっていたけど……

真名を知られて、危険じゃないのだろうか？

不安になって聞くと、ノーチェは微笑みながら首を横に振った。

「魔王を名で縛れる者など美鈴、そなただけだ」

そういえば、ガーヴさんも似たことを言っていたかもしれない。この地に生きる者達はガイアの創造物だから、ガイアに繋がる存在である魔王を名で縛ることはできない、とかそんなことを。

あ、じゃあもしかして、この地の制約を受けない者なら、ノーチェを名で縛ることができちゃったりするかも。

ギューゼルバーンの異世界召喚の儀。あれがある以上、他の異世界人が現れる可能性はゼロではないよね。

私の懸念《けねん》を口にすれば、ノーチェは再び穏やかに首を横に振る。

「私はガイアの力により宿木《やどりぎ》から生まれた。魔王を御することができるものはガイアのみ。そして我が想いはすでにそなたに預けた。ゆえに私を縛れるものなど、もう他にはいない」

よかった。じゃあ私が人前でノーチェの名を呼んでも大丈夫なのね。

私のうかつな行動のせいで迷惑をかけることにならなくて、本当によかった。

でも念のため、これからはできるだけ人前では魔王様と呼ぶことにしよう、と私は心に誓った。

あの日転移で消えたヴィオラさんは、その数日後ふらりと転移してきて、何事もなかったかのように護衛の任に戻った。

だけど私は、もう、八〇〇年の空白を知るヴィオラさんに構えることはなくなった。ノーチェから側室などいらぬと説明され、真名を渡し合ったのだもの。

そうして、表面上は穏やかに日々が過ぎた。

第六章　ニィル・ヴォールダ・美鈴

六月も下旬を過ぎたある日。この世界のピアノ、カラヴィティンが届いた。

魔界からの高価な贈り物なのだから、本来ならサロンに置くべきもの。

だけど一人でゆっくり練習したいし、好きな時間に好きなだけ弾きたいので、私の居住スペースに置いてもらうことにする。

このために、居室の隣の部屋を大改造し、私の部屋から直接入ることができる扉を取り付け、豪華な楽器を置くに相応《ふさわ》しい環境を整えてもらった。内装も、かなり凝《こ》ってくれたらしい。

やけに格式の高い家具が揃えられ、いくつかあるソファは、どの席に座ってもカラヴィティンとその演者が視界に入るよう、上手に配置されている。

受け渡しには、第二位マノウヴァさんと魔界の技術者が来てくれることになっている。ファンテスマ王家からはレオン殿下とシアンさん、それから官吏《かんり》達も顔を揃えた。

今後この楽器のメンテナンスを担当することになっているファンテスマの技術者も同席して、カラヴィティンの到着を待っていた。


マノウヴァさんの亜空間倉庫から出されたカラヴィティンが部屋に現れると、集まった皆からどよめきが起きた。

まるで芸術品だ。

さすがは貴族のための楽器と言うべきか、装飾の見事さはため息が出るほど。

グランドピアノをぐぐっと小さくしたような美しい曲線を描くフォルムに、煌《きら》びやかな金の細工がこれでもかと施《ほどこ》されている。

見る角度によってきらきらと色を変えて輝く装飾は、螺鈿《らでん》か何かかな？　この世界にもあるのか。

側面部分と五本ある脚には、精霊や動物を模《かたど》った絵が描かれていて、そちらにも金や宝石がふんだんに使われている。

豪奢《ごうしゃ》な家具の置かれた部屋で、煌《きら》びやかなドレスを纏《まと》ったお姫様が演奏するに相応しい逸品だ。

私は嬉しくなって、マノウヴァさんに笑顔で声をかけた。

「マノウヴァさん、ありがとうございます。魔王様にも御礼を伝えてくださいね」

「喜んでいただけて何よりです。後で時間を見てこちらにお越しになると、陛下がおっしゃっておいででした。礼でしたら直接陛下におっしゃっていただけると、陛下もお喜びになられましょう」

マノウヴァさんがそう言って微笑む。

ノーチェ、あとから来るんだ。じゃあその時にちゃんとお礼を言わなきゃね。

そんなことを考えている私の横で、レオン殿下とマノウヴァさんが、儀式めいた挨拶を交わし始めた。

ノーチェから私へのプレゼントについての話のはずなんだけど、どう聞いても外交中の政治家のやりとりだ。

ややこしそうな外交政策は二人に任せて、私は初めて見るカラヴィティンに見惚《みと》れていた。

魔界とファンテスマ、双方の技師が一緒にカラヴィティンの最終調整を済ませている。

私は緊張の面持ちでカラヴィティンに近付いた。

技術者が上蓋を開き、支え棒で止める。

上蓋の裏側に施《ほどこ》された繊細な模様も美しい。

中を覗きこむと、むき出しの弦が並んでいるのが見える。

技師さんは、私がカラヴィティンに初めて触れると聞くと、楽器を傷めないための注意点を丁寧に教えてくれた。

どうぞ、と言われて、おずおずと手を伸ばす。

鍵盤《けんばん》はピアノでいう白い鍵盤部分が黒、黒部分が白になっている。並びの感じからして、ドレミファソラシドの音階は地球と同じっぽい。

鍵盤のサイズがピアノより若干小さめな気がする。慣れるまで少し時間がかかるかもしれない。でも、久しぶりの楽器の感触にテンションが上がった。

小さな鍵盤に指を乗せてそっと押さえると、思った以上に鍵盤が重かった。

指が沈めばぽろん、と金属質なのに柔らかい、可愛らしい音が複数重なって鳴る。

一つの鍵盤を押すことで弾く弦の数がいくつかあるのかな。それとも共鳴しているだけなのか。綺麗な音だ。まるで小さなパイプオルガンみたいな響き。

「優しい音ですね」

私がそう言うと、魔界の技師さんが微笑んだ。

「そうなんです。カラヴィティンは複雑で繊細な構造をしておりまして、この優美な音色が特徴なのです。これは作られたばかりなので、まだ少し尖った音をしておりますが、馴染んでくるともっと深みのある音になりましょう。どうぞ末永く可愛がってやってくださいませ、ヴァルナ・リィーン」

うお。魔族達にもその称号が広がっているのか。

内心ぎょっとしつつも、それを表に出さず、微笑みながら技師さんに礼を言う。

カラヴィティンは繊細な楽器だから、毎日調整が必要なのだそうだ。ファンテスマの技師がこれから毎日通って調整してくれるらしい。

制作に携《たずさ》わった魔族の技師は、数年に一度メンテナンスをしてくれるのだとか。

楽器一つでそれだけ手間がかかるんだな。さすがは貴族の楽器だ。

これからよろしくお願いしますと、私は二人に微笑んだ。


魔界とファンテスマ、二国の名代《みょうだい》が顔を合わせた引き渡しのイベントが無事終わり、マノウヴァさんもレオン殿下も帰っていった。

今日はもう予定はない。

私は、さっそくカラヴィティンを弾いてみるため、部屋に入った。

まだ慣れない楽器だから、ある程度弾けるようになるまで誰にも聞かれたくない。部屋に結界を張ってノエルと二人きりになる。

カラヴィティンの前に置かれた椅子に座り、そっと鍵盤《けんばん》に手を添えた。

……見れば見るほど、綺麗で豪華な楽器だ。

こんなものを「気軽に練習してね」と言われても、ねえ。

あまりの価値観の違いに、乾いた笑いを漏らす。

これほど高そうなものに素手で触れていいのか、と小心者の私はどきどきしてしまう。ちょっと触れるだけで指紋がついちゃいそう。

練習が終わったら、ちゃんと磨こう。

まだこちらの楽譜を見ていないから、楽譜を読んで楽曲が演奏できるか、少し不安だな。

でもこれから先生が教えてくれるらしいので、いろいろ教わろう。

プロ並みになれって言われているわけじゃないんだ、難しく考えることはないよね。

もともとピアノは趣味だった。せっかくだし楽しませてもらおう。

私は指を慣らすために、軽くドレミファソラシドシラソファミレドと何度か流してみる。すると、柔らかい音が部屋に響く。

鍵盤の並びも音階も地球と同じみたいだ。これなら少し練習すれば、簡単な曲なら奏でられるかもしれない。

でも、鍵盤を押さえる時の手ごたえが私の家にあったピアノよりずっと重くて、習得するには時間がかかりそうだ。

鍵盤の重たさと、まっすぐ押し下げないと音が鳴らないこの楽器の癖がきつくて、難しい。

子供の頃に習った、ピアノ初心者用練習曲を思い出しつつ練習する。

少し指を動かすと多少は慣れてくる。ひとしきり弾いて手が馴染んでくると、もっといろいろと弾きたくなってきた。

うまく鍵盤を弾けなくて時々音が鳴らないけど、今はノエルしか聞いてないんだし、多少の失敗はいいよね。

そういえば、昔観た外国のファンタジー映画の主題歌がこんな音だったな。オーケストラの伴奏《ばんそう》の中、主旋律を奏でるのはオルガンの音だった。

——懐かしい。

私が中学生の頃に日本でも公開されて、家族で観に行ったのだ。ＣＧを駆使した映像が素晴らしくて、ＤＶＤを購入して何度も観た。

日本公開版の主題歌は日本人歌手が日本語で歌っていて、その年の大ヒット曲となった。

私はその曲が大好きで、ピアノで何度も弾いたから手が覚えているはず。

口ずさみながら、そっと鍵盤に指を走らせる。

久しぶりだったけど手はちゃんと覚えていた。何度か流すうちに、多少もたついて音をちょこちょこ飛ばしつつも、徐々にテンポよく弾けるようになってくる。

同時に、弾くことの楽しさを思い出した。

指使いが滑《なめ》らかになってくると、私の技術のなさに、物足りなくなってきた。

この曲は壮大なオーケストラの演奏がバックにあって、すんごくかっこいいのに！

そうだ。携帯音楽プレーヤーで曲を流して、それに合わせて弾くと楽しいかも。

私はアイテムボックスから久しぶりに音楽プレーヤーを取り出した。確か、サントラを入れていたはず。

このところ音楽を聴く余裕もなくて、ずっとしまったままだった。アイテムボックスの中は時間が止まっているからか、充電は十分みたい。

あの映画の世界に浸《ひた》りたくって、ボリュームを大きめにしてスイッチを押すと、ヘッドフォンから重厚な音が流れ出す。

壮大なオーケストラの演奏が続き、一瞬の無音のあと、オルガンの優しい音がメロディを奏でる。静かに、ゆっくりと語りかけるように。

プレーヤーの演奏に合わせて、私の指も滑らかに鍵盤《けんばん》を走る。

女性ボーカルの澄《す》んだ歌声が、切々と思いを歌い上げ始めた。私も一緒に歌い出す。

ゆれる　ゆれる　風に舞い
ゆれる　ゆれる　花が散る
ゆれる　ゆれる　あなたのそばで
ゆれる　ゆれる　私の想い

曲はここからまた盛り上がる。

オルガンの独奏に寄り添うようにフルートの音が響き、ついでオーボエがその音に合わせ、トランペットが重なり、チェロが続き、いつしかまたフルオーケストラとなるのだ。

音の洪水のようなその中でも、オルガンの軽やかな響きはしっかりと存在感を持って、途切れることなくメロディを奏でる。

女性ボーカルの声は独自の張りがあり、訴えかけるみたいな高音のサビは、聴いているだけですごく切なくなってしまう。

その透明感のある声は、まるで自分だけに語りかけてくれているように思えるのだ。

私はここにいる　だから大丈夫
立ち止まらないで　大丈夫
私はここで見ているから
貴方の進む道を　まっすぐ歩んで

恵み　満つる　大地
ひかり　翔《かけ》る　御空《みそら》

私は歌う　願いを込めて
私は想う　力の限り

最初に聴いた時、この歌は、主人公をずっと思い続ける健気《けなげ》なヒロインの想いを歌ったものだと思っていた。

それが、二作目が公開されて、新たな事実が判明する。

作中、主人公が迷い傷つき、立ち止まりそうになると、神々《こうごう》しい女性の声が聞こえてくる。女神の声だ。

主人公に道を示してくれていた女神は、遥《はる》か昔はその地に暮らしていた、ただの村娘だった。

しかし、その地の神の力が弱まり、彼女は新たな神として、地を守る礎《いしずえ》となるために選ばれた。

それから長い間、ずっと大地を守り、人の営みを見守り続けていたのだ。

物語の佳境、女神がかつての出来事を語るシーンは、映像が古びたセピア色になり、そこで第一作のテーマソングだったこの曲が流れる。

セピア色の風景の中で微笑む青年と、村娘だった頃の女神の淡い恋のシーンは、曲にかき消されて台詞《せりふ》が聞こえない。そこがまたやけに儚《はかな》くて……

語り合う二人。湖のほとりでの短い逢瀬《おうせ》。

神託に従い、神殿に向かう村娘が乗る馬車を追いかける恋人。

頬を流れる涙もそのままに微笑む村娘と、何かを叫ぶ男の悲痛な表情。

白い空間から大地を見守る新しい女神。

そのシーンを見ると、ヒロインの想いを歌った曲だと思っていたこの歌詞が、また別の意味を持って聞こえてくる。

そして、それからもう一度第一作のＤＶＤを観ると、ラストシーンでこの曲が流れる寸前、ちらりと映った後ろ姿が、二作目で登場した女神のものだったということに気付いて、また感動した。

恵み　満つる　大地

ひかり　翔《かけ》る　御空《みそら》
私は歌う　願いを込めて
私は想う　力の限り

当時、同じようにこの映画にハマっていた友人と、これってヒロインと女神の想いを綴《つづ》った歌だったんだね、と興奮して語り合った。歌詞の中にも〝想い重ねて〟とあるから、ヒロインの想いと女神の想い、両方なんだろうね、って。

彼女が映画の原作小説を題材に書いた二次創作小説は、この女神が村娘だった頃の回想をうまく料理していて、ものすごく面白かった。

セピア色だったあのシーンの聞こえないセリフを全部脳内補完していて、萌えのパワーって素晴らしいなどと、しみじみ思ったものだ。

映画を観た時の感動に、その頃の自分の思い出が重なる。

いつか日本に帰ることができる。ただそれだけを希望に、心の奥底に抑え込んでいた蓋が外れ、たくさんの出来事が走馬灯のように駆け巡る。

家族のこと。友達のこと。学校のこと。クラブで仕上げた作品のこと。文化祭のこと。体育祭のこと。家族のこと。家族のこと。家族のこと。家族のこと。

そ　し　て
幾つもの思い重ねて

ここの転調がかっこいいのだ。

「てぃーん、たらりらー、てぃん、てぃてぃん、てぃてぃーん。ららららららら……たらりらりらりらてぃんたてぃてぃんっ。んで、ずんちゃっちゃっと」

楽しくって、懐かしくって、嬉しくって、悲しくって。

なんだかわけのわからない感情がぶわっと湧き上がり、気が付いたら、大声で歌いながら、笑いながら、泣いていた。

懐かしい日本の歌。楽しかった子供の頃の思い出。家族で過ごした優しい時間。友達と騒いだ賑《にぎ》やかな時間。

「忘ぅれないでー、わたぁしはぁ、ここにいるぅ……たたんたたんたん、じゃんじゃん！　ららら－」

次の瞬間、ふいに後ろから抱きしめられて飛び上がる。

「うわっ！　……え？　ノーチェ？」

人払いをして、結界もしっかり張っていたから、ノエルしかいないと思って油断していた。

その上ヘッドフォンをつけて大音量で曲を流し、それに合わせてカラヴィティンを奏でながら歌っていたのだ。ノーチェが転移してきたことにすら気が付かなかった。

「いつ、来たの？　ごめん、気付かなかった」

「そなたが歌い始めた辺りからだな。熱心に弾いていたから後ろで聞いていた」

ノーチェは気遣うように、私の頬を伝う涙をそっと拭《ぬぐ》った。

聞きなれない曲に、聞き取れない歌詞。きっとノーチェは、これが日本の音楽だとわかったのだろう。そして、なぜ私が泣いているかも。

ノーチェはそっと問いかける。

「帰りたいか？」

「……」

帰りたいかと問われれば、そりゃあ帰りたいよ。あそこには私を——神崎美鈴を形作った、すべてのものがある。

だって四〇〇年だ。半身ともなれば数千年。

いつかは会えると言われても、ちゃんと日本に帰してくれるとガイアが約束したとしても。

家族に会えない時間は途方もない長さ。

会いたい。

会いたい。

みんなに会いたいよ！

……でも、ノーチェやノエル、この地の人達を置いて帰って後悔しないかと問われれば、それは無理だ。

私が今帰れば、ノエルは死ぬ。あの時ガイアがそう教えてくれた。私とノエルの結びつきはどちらかが死ぬまで切れないのだと。

日本にノエルを連れて帰ったとしても、魔力のないあの世界ではノエルは死んでしまう。今帰りたいなら、ノエルを殺していくしかない。

それに……私が帰れば、ノーチェはきっと狂うだろう。

だから、「帰りたいか」というノーチェの言葉への、その答えは――

「大丈夫。ちょっと寂しかっただけ」

私はノーチェに微笑んでみせた。ちゃんと笑えていたと思う。

椅子に並んで座り私を抱きしめるノーチェは、美しい眉をひそめ、悲壮な決意を滲《にじ》ませて口を開く。

「そなたを苦しめたいと思っているわけではないのだ。そなたを離したくはない。だが、それほど辛いのならば、私はそなたを笑って見送ろう」

「ううん。大丈夫だよ。私はここにいたいと思ってる」

だって私は、ガイアに残ると答えたのだ。

自分で決めたことだもの。

それに今、私は楽しんでいる。

好きな人がいっぱいいるし、仕事も楽しい。

漫画もゲームもアニメもコンビニもない、家族もいない。でも、ここには私の、『黒の癒《いや》し手』

としての生活がある。

帰れないのは今だけ。私がこの世界で死んだ後、ちゃんと帰れるのだから。

これはガイアとの取り引きで得た、お得なロングバケーションなのだ。

「いいよ。ちゃんと帰してあげるってガイアが約束してくれたんだもん。それまではここで精いっぱい生きるから。今はここにいたいってちゃんと思ってる」

「リィーン……美鈴。ニィル・ヴォールダ・美鈴」

その言葉に込められたノーチェの想いが、痛い。

「大丈夫。帰ったらいっぱい家族に甘えるよ。それから、お母さんに私の好きな食べ物をたくさん作ってもらう。ねえノーチェ、お母さんの茶碗蒸しはすんごく美味しいの。出汁《だし》と卵の量を同じにするのがキモなんだって。あとカレーも作ってもらおう。うちのカレーはね、いつもひき肉なの。私が子供の頃、カレーに入ってるビーフの塊《かたまり》を嫌がったから、それから我が家はずっとひき肉カレー。玉ねぎは淡路《あわじ》産の方が甘くて好きだな。でも、じゃがいもは北海道産がジャスティスなんだよね。うちのカレーは市販のルーだけど、中辛と辛口を半分半分にしてくれるの。いつも大鍋いっぱい作ってくれるから、一日目はカレーライスにして、それから次の日は出汁を入れてカレーうどんにして、次は牛乳をたっぷり入れたカレーパスタにしてって、毎日いろいろ変えて食べるの」

話し出すと、もう止まらなかった。

口が私の制御を離れて、勝手に言葉を紡いでいく。

「お父さんはね。私が困った時や悩んだ時にはすごく頼りになる人なんだけど、家では全然駄目な人なの。お父さん、考え出すとフリーズしちゃうんだ。なんでもちゃんと理解してからでないと動かない人なの。前にね、リビングに簡易ホームシアターを設置しようって一式買ってきてくれたんだけどね。届いた荷物は段ボールの箱が何個もあるわけよ。六〇インチの液晶大画面テレビにDVDプレーヤーに、５・１chがなんとかって言って、スピーカーなんて幾つもついてて、コードもいっぱいあって、もうどう繋げていいかわかんなくてさ。そしたら、お父さんったら説明書を持ったまま部屋に籠《こも》っちゃって。夕食の時も降りてこなくて、次の日の朝になってやっと部屋から出てきてさ、お父さんなんて言ったと思う？　『理論はわかった』だって。でね、それですぐに設置してくれるかと思うとそうじゃなくてね、『前後のスピーカーの置き方や角度で全然違った音になる。我が家のリビングに最適な音を探すためには検証が必要だ』とかって、いろいろ説明してくれたの。私達からしたら、そんなの『こまけえことはいいんだよ』って感じでね。結局二、三日リビングに大きな箱がずっと置かれたままでさ、『も、ほんと、お父さんって何の役にも立たないのよ、こういう時』ってお母さん呆れちゃって。お母さんと私からのヘルプ要請を受けたお兄ちゃんが、週末に下宿先から帰ってきて、お父さんと二人で設置してくれたの」

すったもんだのあげくに完成したホームシアターで最初に観たのは、さっきの映画だった。お父さんはやっぱり音の質がどうとか語ってたっけ。

私はしゃくり上げながらも続けた。

「お兄ちゃんはね、勉強もスポーツも人一倍できる癖にちっとも優等生じゃなくて、お母さんが何度も学校に呼び出されてたの。学校でわりと目立ってたから、卒業しても先生とか先輩方とかみんなお兄ちゃんのこと覚えててね。私が同じ学校に入学したら、『君があの、ますの妹？』ってよく聞かれたの。あ、『ます』ってお兄ちゃんのあだ名。お兄ちゃんの名前、真澄《ますみ》っていうんだ。お兄ちゃんが『ますみ』で私が『みすず』だから、お母さんなんて時々二人合わせて『ますみすず』って呼ぶんだよ。私達が二階の部屋にいたら、リビングから『おーい、ますみすず。ケーキ買ってきたから降りてらっしゃい』とか大声で。それで、纏《まと》めんなよってみんなで笑うの」

一度噴き出してしまった私の想いは、出血みたいに痛みを伴ってどくどくと私から溢れ出して止まらない。私は思いつくまま、家族の小さな出来事を話す。

話は飛び飛びな上に支離滅裂《しりめつれつ》で、どこに終着点があるかも自分でわからず、ただただ、思いのたけを語り続ける。

ありきたりな日常の一コマ。大笑いしたこと。泣いたこと。

小学校に入る前、どちらがかっこいいキックが繰り出せるか兄妹で競い合い、勢い余ってクローゼットの扉を割ってしまったこと。

買ってもらったばかりの絵本にみすずと書こうとしたら、まんなかの「す」にも濁点をつけちゃって、お兄ちゃんに「みずずだって」って囃《はや》し立てられた。それが悔しくて、お兄ちゃんの絵本に書かれた名前にも濁点をつけて「まずみ」にしてやったこと。

その時は大喧嘩《おおげんか》になったけど、以来、時々ふざけて「まず兄」「みず」と呼び合うことがあること。

お兄ちゃんが初めて連れてきた彼女が想像以上に綺麗で、びっくりしたこと。

きっとノーチェには、半分以上理解できない言葉だったと思う。だけど、彼はそっと寄り添って私を抱きしめ、「そうか」と相槌《あいづち》を打ちつつ、ずっと聞いてくれた。

止まらない私の涙を何度も拭《ぬぐ》い、時々宥めるようにこめかみや目元や髪にキスしながら。

いつもノーチェが来たら離れてしまうノエルも、今日はいつの間にか傍に来て、優しく私の腕に鼻を押し付けてくる。

左右から感じる温もりに甘えて、私は壊れたレコードみたいにずっと話し続けた。

「お父さんは、そんなにがみがみ叱るような人じゃなくってね。『多少やんちゃでもいい』って言ってくれてたの。でもね、『だけど、ありがとうとごめんなさいは、ちゃんと言えるような人になりなさい』っていつも言ってた。ねえ、ノーチェ。私、ちゃんと言ってないよ。お父さんとお母さんにありがとうって。言えばよかった。生んでくれてありがとう。育ててくれてありがとうって。私なんで言わなかったんだろう。言わなきゃいけなかったのに。帰ったら絶対言うよ。恥ずかしくってちゃんと言えなかった感謝の言葉、今度こそちゃんと言う。二人の子供でよかった。ありがとうって」

私がこの世界で死ねば召喚されたあの時間に戻るらしいから、家族はいきなり何を言い出すんだってびっくりするかもだけど。

ノーチェは、そっと私を抱きしめて囁《ささや》いた。

「美鈴。そなたはまさしく両親の薫陶《くんとう》を受け、まっすぐに育った娘だ。父も母もきっとこう思っているだろう。そなたは自慢の娘だと」

ノーチェの腕が私を閉じ込める。

「リィーン。美鈴。私はそなたに何をしてやれる？　ほーむしあたあも、かれーも作ってはやれぬ。だが、私はいつでもそなたの傍にいる。一人で泣かせることは決してしない」

――リィーン――ノエル一緒――ノエル離れない――

ノーチェもノエルも傍にいてくれる。ヴァンさんやシアンさん、レオン殿下も。クモンにアグネス、クリスさんやフォルトナーさんも。

それは、すごく……そう、すごく幸せなことだ。

今はそれでいい。今は――

その日、私は静かに涙を流しながら、つらつらといろんな話をした。くだらない、とるにたらない、日常の細々とした、大切な思い出を。

ありきたりな日常は、私の宝だったんだ。

温かくて、ちょっぴり切ない夜だった。

第七章　事件

カラヴィティンが私の屋敷に届いてから、数週間が経った。

「るー」

レオン殿下の執務室に向かうため、私はいつものように散歩がてら、朝露の光る「薔薇《ばら》の回廊」を歩いている。そんな中ふいにかけられた可愛らしい声に、私や周りの騎士達は、はっとその方向を見た。

回廊の中央にある四阿《あずまや》の向こうから、乳母《うば》に抱かれたお姫様が満面の笑みで呼んでいる。その手には「あー」こと、犬のぬいぐるみがしっかり抱きしめられていた。

レオン殿下から時々会ってやってほしいと頼まれ、姫君のもとには今までに数度ご機嫌伺いに赴《おもむ》いている。

だけど、私が城にいることはまれだし、向こうも幼児なりに忙しい身。広大な敷地を持つ城の中、こんな風に行きあうなどなかなかなかった。

すっかりノエルをお友達認定した姫君は、この偶然の邂逅《かいこう》に興奮気味。

向こうの護衛と侍従達が、そっと頷く。

近付いて話してもいいらしい。

私も護衛の青騎士とヴィオラさんを振り返る。護衛達が視線を交わしてから私に頷いた。

こういうイレギュラーにも対応しなきゃいけない護衛って、大変な仕事だよね。

ノエルは幼児の甲高い声が苦手らしく、その場に座って動こうとしない。どうやらこれ以上近付きたくないようだ。

姫の目当ては、私じゃなくてノエルなのに。

仕方ないよね。少し離れたところからでも、巨大なノエルの姿は見える。姫にはそれで我慢してもらおう。

私は笑いながら、姫に向かって歩いた。

数歩進んだところで、ふいに気付く。

しまった！　魔道具だ。「まもるくん二号」を外していない。

いつもなら姫に会う前には必ず先触れがあるから、あらかじめ「まもるくん二号」を外し、代わりに『防御膜』を唱えておくという準備ができた。

今日は偶然に出会ってしまったせいで、そんな暇がなかったのだ。

私は、人前でちょっとはしたないかなと思いつつも、首から「まもるくん二号」を外す。

空間属性持ちのヴィオラさんの目を考慮して、アイテムボックスではなくドレスのポケットに仕舞おうと、右手をポケットに近付けた。その手が、後ろから伸びた嫋《たお》やかな腕に掴まれる。

「え？」

振り向くと、ヴィオラさんが私の腕を掴んでにやりと笑っているのが見えた。

ノエルの唸り声が聞こえたような気がする。

ぐらりと、世界が揺れた——

あっという間に、視界が切り替わる。

今まで私がいたはずの薔薇《ばら》の回廊の光景は消え、代わりに自然のまま生《お》い茂《しげ》る緑が視界に飛び込んでくる。

へ？　転移？

周囲を顧《かえり》みる余裕もなく、ヴィオラさんに押さえつけられ、魔道具を取り上げられる。状況が読めず混乱しているうちに、首に何かが当たった。

え？

次の瞬間、注がれた魔力に唖然《あぜん》とする。

「！　……っ!!」

声が……出せない。

首に冷たい金属の感触を感じる。まさか、魔封じ？

なぜ？　なぜ、ヴィオラさんが私に魔封じをつけるの？

呆然とヴィオラさんを見上げると、彼女は嬉しそうに笑った。

「馬鹿ね。本当に馬鹿。貴女《あなた》なんて王の半身には相応《ふさわ》しくない。ギューゼルバーンでその身の愚かさを悔《く》いるといいわ」

私は、ただ、あっけにとられて座り込むしかできなかった。

……ギューゼルバーン？

あまりの衝撃に、目の前が真っ暗になる。

「お？　やっとお出ましかい。何日待たせる気かと思ったぜ」

後ろから聞こえた男の声に、はっとして振り向く。

思い思いに座っている数人の男達が、こちらを注視していた。

彼らの近くに土を固めて火を起こした跡があり、ここで野営をしていたのだと素人《しろうと》の私でもわかる。

「時間は約束できないと言ったでしょう？　お前達は指示された仕事をただこなせばいいのよ」

ヴィオラさんは屈強な男達に囲まれても、何の恐れもないようだ。男の嫌味な言葉にも鼻で嗤《わら》ってみせた。

男達の一人、先ほど話しかけてきた男が立ち上がって近付いてくる。

彼はヴィオラさんに押さえ込まれている私を見て、口笛を吹いた。

「黒髪に黒目。すげえや、本物の『黒の癒《いや》し手』だぜ」

「お望みの『黒の癒し手』様よ。わたくしに感謝することね」

ヴィオラさんは私の腕を掴むと、無造作に突き放す。私は男の前に投げ出された。

男は近付いた私からひょいと後ろへ飛びずさり、用心深く身構える。

「おいおい、この娘には『黒の御遣《みつか》い』ってすげえ強えのがついてるんだろう？　影からでけえのが飛び出してくるんじゃねえだろうな？」

「王都に置いてきたわ。いくら翼犬《よくけん》の翼でも、転移にはついていけないもの。まあ、たとえ追いつかれたとしても、翼犬などなんの問題もなくてよ」

「たのんますぜ、魔族さんや」

ノエルがいないことをヴィオラさんに確認した男は、余裕の笑みを浮かべてまたこちらに近付いてきた。

ぎらぎらした目が怖くて、後ずさる。

「こんな小娘のどこがいいんだか。王も物好きな」

王？　こいつらはやっぱり、ギューゼルバーンの者？

この男のステイタスの職種は「剣士」で、所属国はない。だけどさっきのヴィオラさんの発言から思いつくのは、ギューゼルバーン王……いや、元王か。

あの酷薄《こくはく》な瞳や、無理やりされた口づけを思い出して身震いする。

男が値踏みするような目で私を見た。その舐め回すみたいな視線が気持ち悪くて、身体が竦《すく》んでしまう。

こわい……こわいよ。どうしよう。

必死で男を睨《にら》みつけながら、がくがくと震える身体を叱咤《しった》する。負けるな……負けるな美鈴。

私は身体の震えを抑えつつ、なんとか冷静になろうと周囲を観察する。

周りを見回せば、うっそうと生《お》い茂《しげ》る木々が、周りから私達を隠している。

男達は平民の旅装束らしき格好をしているけれど、目つきは鋭く、その腰には重たそうな剣を佩《は》いている。戦いに身を置く者の空気を醸《かも》し出していた。

馬の嘶《いなな》きが聞こえ、そちらに目を向ければ、男二人が馬車に馬を繋げようとしている。

他の男達が手早く野営の片付けを済ませ、荷物を馬に括《くく》り付けていた。

てきぱきと動く姿は、ならず者と言うには統制が取れすぎていて、騎士と言うには荒々しすぎる。

……あまりにも手馴れている。

――ノエル？　ノエル聞こえる？――

王城から転移する時に、ノエルは影に入っていなかった。置いてきてしまったみたい。

ノエルの気配を探ろうとしても方向がわからない。私達の繋がれる範囲より離れているのか。

『マッピング』を開いて確かめると、今いるポイントの近くは通ったことがないのか、脳内のスクリーンには、現在位置だけがぽつんと表示されている。

これ、拡大とか縮小とかできればいいのに。そうすれば全体マップみたいに広範囲を見て、今どの辺りにいるかわかるのに……

――どうすればいい？

まもるくんはとられた。魔封じで魔法は使えない上、ノーチェに助けも呼べない。ノエルとも離れてしまった。

周りには屈強な男達と、高位魔族のエルフ。

やばい。

ギューゼルバーンに攫《さら》われたあの時より、もっとヤバい。

私の焦りをよそに、ヴィオラさんと男の会話は続く。

「……すぐに動けるわね？」

「準備万端、つつがなくお待ち申し上げておりやしたぜ。……と、なんでえそれは」

リーダーらしき男は、ヴィオラさんの手に握られた首飾り、私の「まもるくん二号」を見て問いかけた。

「この娘が持っていた魔道具よ。これがあるから手が出せなかったの」

へえ、これがですかい？　と感心したようにリーダーが覗き込む。

「なあ魔族さんよ。そいつぁどんなシロモンなんだ？　ヤバいもんなら捨てていくか？」

「何の魔法が施《ほどこ》されているか、わたくしにもわからないわ。この娘を守るための魔法がたくさん込められているでしょうね。人の身で触らない方が身のためよ」

魔道具を見ながらも、私の反応をちらちらと確認していたらしい。

ヴィオラさんはそう言うと、私に見せつけるように「まもるくん」を亜空間にしまい込んだ。

……亜空間には〝距離〟がない。だから亜空間倉庫にしまわれた「まもるくん」は、ノーチェの魔法〝使用者から一定距離離れると戻る〟があっても、私のもとに戻ってこない。

なんとかして、あれを取り返さなくちゃ。

でも、ヴィオラさんはこれからどうするつもりなんだろう。

魔族には魔族の魔力がわかる。ノーチェにはヴィオラさんがどこにいるか、すぐにわかってしまうのに。

私の不在に気付けば、ノーチェはきっと私の傍にいるはずのノエルとヴィオラさんの気配をたどってくる。ヴィオラさんがここにいる限り、ノーチェが助けに来てくれる。

もしかして私を置いて、ヴィオラさんはすぐに離れるつもりなのかな？

そうすると、「まもるくん」を取り戻すチャンスは低くなるけど、敵側からエルフが抜けることで少しは有利になるか。

彼らは何やら、これからの行程などを確認しているようだった。やがて、話し合いがついたらしい。

「転移の気配をたどってこられるかもしれないわ。早くここを離れましょう」

「ああ、早くしねえと魔族に気付かれっちまうな」

「そうね」

ヴィオラさんはそう答えると、私を見下ろして凄惨《せいさん》な笑みを浮かべた。

「これで貴女《あなた》を探す術《すべ》なんてなくなるわ」

彼女は亜空間から何かを取り出してきた。え？　魔封じ？

何をするつもりかと思っていると、ヴィオラさんは自分の首に、魔封じを取りつけた。近付いたリーダーがその留め具に魔力を注ぐ。

ヴィオラさんの輝くような激しい魔力が、すっと抑えられる。これが魔封じの威力なのか。自分の時にはよくわからなかったけど。

「ヤバくなったらすぐ外しやすから、助けてくだせえよ、魔族さんや」

リーダーは肩を竦《すく》め、続けて口を開いた。

「お偉い魔族さんの考えていることは、俺らにはわからねえや。自分で魔封じ着けるなんざな」

そう言うと、他の男が野次を飛ばした。

「魔法がなけりゃ、ただの女じゃねえか」

下卑た笑いが辺りに広がる。

すると、ヴィオラさんが亜空間から剣を取り出しすらりと抜いて、先ほど発言した男の首に突き付けた。

彼女は男を蔑《さげす》むような冷ややかな目で睨《にら》みつけ、片眉を軽く上げて「やってみるか？」とでも言いたげに、にやりと嗤《わら》う。

魔封じで魔法が使えなかったとしても、お前達など敵ではないといった風情《ふぜい》だ。

ヴィオラさん、強いんだ。

男は薄《うす》ら笑いを浮かべて両手を上げた。

「おっかねえな……なに、ちょっとした挨拶じゃねえっすか」

リーダーがさっと手を振ると、男達が動く。

「魔族さんのご機嫌を損ねねえうちに、行くぞ」

魔法の使えない私は、ただのひ弱な小娘だ。

あっけなく馬車に放り込まれ、続けてヴィオラさんが乗り込んでくる。

装飾のほとんどない小型のリムジン馬車の内部には、向かい合わせになった座席。ヴィオラさんは私を進行方向に向かう席に座らせ、自分はその対面に座る。

なぜ、ヴィオラさんはこんなことをするんだろう。

……彼女がノーチェの側室になりたがっていたことも、おそらくノーチェを愛しているのだろうということもわかる。

でも、私を誘拐してどうする気なのか。

ヴィオラさんの転移で運ばれたことは、ファンテスマのみんなが知っている。

たとえ私を殺したとしても、ヴィオラさんはノーチェの傍には戻れないよ。

ヴィオラさん……なぜ？

私は言葉に代えて、精一杯の気持ちを込めてヴィオラさんを見つめる。

彼女は私を見つめ返して、馬鹿にするように片眉を上げてみせた。

無言のまま見つめ合っていた私達は、馬車が動き出したことで互いに視線を逸らす。

馬車の窓は目隠しの蓋が閉められていて、外は見えない。

朝の明るい日差しを遮《さえぎ》られた薄暗い馬車の中、私は揺れに身体を預け、目を閉じた。


魔封じのせいで言葉を話せないヴィオラさんは、こちらの要望を伝えるため、数時間おきに馬車の御者台《ぎょしゃだい》に繋がる小窓をたんたんと叩く。

そうすると、しばらくして馬車が止まり、私達は外に出される。

男達から離れたところで順に用を足し、しばらくの休憩を取って、また馬車に乗せられる。

二回目に休憩を取った時、固いパンと飲み物を渡された。どうやら昼ご飯らしい。

食欲なんてなかったし、渡された食べ物が安全かどうかもわからない。今更毒が入っているとは思えないけど、もし眠り薬でも入っていれば、逃げるチャンスを失ってしまう。

かといって何も食べないままでは、いずれ体力がもたなくなる。

私は手渡されたパンを見つめて悩み、結局食べることなく休憩時間を終える。すると、苦笑いした男が私からパンを取り上げ、目の前で見せつけるように食べた。

私は追い立てられて、また馬車に乗る。

そうやって、成《な》す術《すべ》もなく数時間が――過ぎた。


ヴィオラさんがまた、「まもるくん二号」を取り出して眺めている。

何の魔法が込められているか調べようとしているのか？

でも、これには『魔法不可視』の魔法が付与されている。

私の魔法なら、高位魔族であるヴィオラさんには通じなかったかもしれない。

でも、この魔道具に施《ほどこ》された『魔法不可視』の呪文は、ノーチェが唱えたものだ。

たとえ高位魔族でも、魔王様の魔法に敵うわけ……ないよね？　たぶん。

とはいえ、『魔法不可視』の魔法が施されていても、魔力が込められていることはわかるはず。

その魔力がノーチェのものであることも。

……そうか、だからヴィオラさんは、さっきからずっとこれを見つめているんだ。

何を考えているんだろう？

ノーチェが魔法を施してくれた魔道具を、私が持っていることに嫉妬しているのか。

それとも、いったいどんな魔法が込められているか調べようとしているのか。

お互い話せない今、彼女の想いを理解することなどできない。

……ううん。話せていたあの頃でさえ、ヴィオラさんと私がちゃんとわかり合えた時なんて一度もなかった。

ヴィオラさんは私が「まもるくん」を見つめているのに気付くと、勝ち誇るみたいに笑みを浮かべ、金のチェーンをくるくると手首に巻きつける。

最初は亜空間に入れていたのに、何度か取り出して様子を見て、私以外が持っていても何も起きないことがわかったらしい。わざとこうやって、私に見せつけるようになったのだ。

『お前ごときに取り返せるものなら取ってみろ』

蔑《さげす》みの色を宿した瞳が、そう語る。

私はそっとため息を漏らす。

魔封じと屈強な男達とエルフ。いつも助けてくれるノエルはいない。

手詰まりだ。

でも……もう一つだけ、奥の手がある。

——ガイアの指輪。

『名奉《なほう》じの儀』の時、ガイアに会うために使った指輪。ガイアはこれをもう一度だけ使わせてくれると約束した。

『もう一度だけ、呼ばれてあげるよ』

脳裏に、ガイアの声が蘇《よみがえ》る。

助けてくれるだろうか。

続けて、ノーチェの紫の瞳を想う。

……もし私が死ねば、ノーチェは狂化して世界を破壊するのかな。

――そんなこと、させるわけにはいかない。ノーチェの魂《たましい》は、私が守るんだ。

そのためには、こんなところで私が負けちゃ駄目。

私はガイアのくれた指輪を取り出すため、そっとアイテムボックスに手を――

――主《あるじ》！――

急に感じたノエルの気配に、私はびくっと身体を跳ねさせてしまいそうになり、必死で抑えた。

そっとヴィオラさんを窺《うかが》うと、不審の目でこちらを見ている。私は彼女に悟られないよう、肩をほぐすフリをしてから目をつむる。

――ノエル――ノエルは大丈夫なの？――

――リィーン――主――リィーン――

数時間ぶりに触れたノエルの気配に、涙が溢れそうになるのをぐっと堪《こら》える。

いつもよりずっと弱々しい気配に、怪我をしているのかと心配して、すぐに気が付いた。ああ、そっか。私につけられた魔封じでノエルも封じられているから、こんなに気配が弱いのか。

ギューゼルバーンの時もかなり弱くなっていたけれど、あれから私達も成長しているため、ノエルの力強い気に慣れてしまっていた。

封じられると、ここまで弱くなるんだっけ？

――怪我してない？　大丈夫？――

――大丈夫――

ノエルの返事にほっと安心する。気配の弱さは気になるものの、ノエルが来てくれたことでなんとかできる目途が立ちそうだ。

とはいえ、ノエルも封じられている。ヒューマンだけなら問題ないけど、こっちにはエルフのヴィオラさんがいるのだ。封じられたノエルじゃ心配だよね。太刀打ちできない。

――ノエル、みんなを呼んできて――

――いや――主、守る――

――無理しないで。エルフがいるの。ノエル怪我しちゃうから――

――ノエル――守る――守る――

なおも近付くノエルの気配に、私は説得を諦めた。

静かにして、動かないよう気を付けながら、私はノエルの気配に必死で同調する。

今どんなところにいるの？

周りはどういう感じ？

そうやって何度か質問したことへのノエルの応えを纏《まと》めると、なんとなく周囲の状況が見えてきた。

どうやらここは、ファンテスマらしい。なぜ、ヒューマンの土地を知らないノエルに越境の有無がわかるのかというと、国境の結界を通っていないから。

国境には、そこに面する二国双方の結界がある。

ノエルが私を追ってくる途中で国境を越えたとしたら、二国分の結界を力業《ちからわざ》で通り抜けたはずなのだ。だけどノエルはそれらしき話をしていない。それでファンテスマにいるとわかりほっとする。

それから、やっと周囲の状況も判明してきた。

私の乗った馬車は見晴らしのいい場所を避けるためか、細い山道を通っているらしい。

ヴィオラさんの気配をたどるのが難しいのであれば、空から目視で探すしかないものね。

追跡されないために、目立ちにくい場所を通るのもわかる。

私はすごい勢いで近付いてくるノエルと、何とかしてここから逃げ出すための相談を始めた。

——やがて。

ノエルの気配が間近に迫ろうとした時、ヴィオラさんが馬車の小窓を叩いた。

はっとしてヴィオラさんを見ると、彼女は皮肉な笑みを浮かべていた。左手にはまだ「まもるくん二号」を巻きつけている。

ヴィオラさんのその表情で、彼女がノエルの気配に気付いたことがわかった。

魔族は魔族がわかるんだった。とはいえ、封じられたノエルの気配は、そうとう近付くまでわからなかったみたいだ。

だから——

ヴィオラさんの合図で馬車の速度が緩むのと、男達の怒号が聞こえたのは同時だった。

「何事だ！」

「気を付けろ、魔獣だ！」

「魔獣だ！」

「馬車を守れ！」

馬の嘶《いなな》きと、男達の叫び声が辺りに響く。ノエルが攻撃しているのだ。

ヴィオラさんの視線が窓に向いた。

今だ！

私はヴィオラさんの左手に飛びついた……けど、私の動きを予測していたのか、彼女はリーチの長さを利用して左手を高く上げ、右手で私を突き飛ばしてくる。

馬の嘶《いなな》きと共に、馬車が急停車しようと大きく揺れた。私達も馬車の床に投げ出される。

ガタガタと揺れる馬車の中、私達はもみ合う。

その最中、がたりと馬車が停まった。

私は必死でヴィオラさんの左手に取り縋《すが》ろうとする。身体の大きさも、力も全然違う。片手を高く上げたヴィオラさんに、私はぜんぜん敵わない。

私はあっけないほど容易《たやす》く、襟首を引っ張られて馬車の床に倒された。

二人とも魔封じで言葉が交わせない。

周囲の喧騒の中、狭い馬車で繰り広げられた無言の戦いは、わずか数秒で私の負けが決まってしまう。

私に馬乗りになったヴィオラさんが、見せつけるように左手を軽く振った。目の前で首飾りがゆらゆらと揺れる。

すぐそこにあるのに、触れられない。

悔しくて、私はヴィオラさんを睨《にら》みつけた。

馬車の外からは、まだ戦いの音が聞こえる。

――ノエル、大丈夫？　無理しないで――

――助ける――主《あるじ》、助ける――

押さえつけられたまま、なんとか外の様子に耳を澄《す》ます。

ヴィオラさんは私の身体に膝で乗り上げた体勢で窓の蓋を開き、外を覗いた。

そして、ひどく酷薄《こくはく》な笑みを浮かべて私を振り返る。

その表情に嫌な予感を感じ、身体が震えた。

――ノエル、大丈夫なの？――

――だいじょうぶ――

そこに、男が扉を開けて馬車の中を覗き込んできた。

「魔族さん、魔獣だ！　何人かやられちまった。俺達じゃあ敵わねえ。なんとかしてくれ」

男はヴィオラさんの魔封じに手を翳《かざ》し、魔力を流し込もうとする……しかし、ヴィオラさんに阻《はば》まれた。

魔封じを外せば、ノーチェ達に気付かれるからか。

封じられたノエルの相手など、このままでもできると？

ヴィオラさんは私を見下ろし、意味ありげにゆっくりと片眉を上げる。

「おい、早く……」

話しかける男を押しのけて馬車を降りると、ヴィオラさんは私の襟首を掴み、馬車から引き摺《ず》り出した。

細くてさほど筋肉がなさそうな腕なのに、恐ろしいほどの膂力《りょりょく》があり、私は何の抵抗もできずに、どさりと土の上に落ちた。

腕のガードが間に合わなければ、顔から土に激突していたかもしれない。

――主！　――リィーン――

私の姿を見つけたノエルの声に、私も視線を上げる。

ノエルと男達は馬車の後方で戦っていた。

すでに何人かは倒れ、動かない者もいれば、足や腕を押さえて呻いている者もいる。

残りは二人だけだった。

だけど――

――ノエル！――

息が詰まりそうだった。そんな……

ノエルは幼体の頃の大きさになっていた。ギューゼルバーンの時はもともと幼体だったので気付かなかったけど、封じられれば身体まで小さくなってしまうのか。

その上、ノエルは傷だらけだった。

黒の毛皮だからわかりにくいものの、翼の羽根はひどく乱れ、頭の辺りの毛にも赤黒い砂がこびりついている。頭を怪我して、地面に落ちた？

まさかヒューマンと戦って怪我をしたとは思えない。今も危なげなく戦っているもの。

なら、なぜ？

まるで、何かにぶつかったかのような……

そこまで考えて気付いた。そうだ！　結界！

さっき国境の結界のことには気付いたのに。私の馬鹿！

私は王城にいたのだ。そこから転移で運ばれた私を追ったのなら、ノエルは王城の幾層にも張られた結界と、王都を覆う結界を破ってきたはず。この封じられた小さな身体で。

そして、私はやっとヴィオラさんの先ほどの笑みの理由を悟った。

封じられ、怪我をしたノエルを、私の目の前で殺すつもりなんだ。

――ノエル！　だめ。逃げて――

――だいじょうぶ――

ノエルは男の剣をひらりと避け、足元をくぐり抜けざま爪で男の足を切り裂いた。そこからまっすぐ次の男の喉に飛びかかり、喰らい付く。

あっという間に、二人が倒された。

「おい！　何やってんだよ、さっさとやっちまってくれ」

男達を斃《たお》したノエルに、リーダーが焦った声を上げる。

ノエルはこちらへ弾丸のように飛んできた。

すると、ヴィオラさんが剣を抜き、私の前に立ちはだかる。

左右に大きく広げた華奢《きゃしゃ》な腕。右手には重たげな剣を軽々と構え、左手には私の魔道具を絡みつかせたまま。

ノエルが空中で止まり、戦いの構えを見せた。

ノエルもヴィオラさんも、魔封じで封じられている。

そこは条件が同じだけれど、ヴィオラさんは高位魔族のエルフだ。ＨＰ、ＭＰの値だけで考えるならノエルより強い。

その上、ノエルは怪我をしている。

こんな不利な戦い、危険すぎる。

――ノエル、逃げて――

やっぱり、王都に助けを呼びに行ってもらえばよかった。

だけど、ノエルは私の「逃げろ」の命令を聞くつもりがないようだ。

一瞬の間があり、睨《にら》み合った両者が同時に動いた。

幕間　～ヴィオラ～

「まだ考える時間が欲しくて」

その言葉を聞いた時、ヴィオラは心の奥底からの、殺意にも似た怒りを感じた――

ヴィオラは琥珀王の最後の子として生を受け、王の狂化の日までエルフである母やたくさんの側室達に囲まれて後宮で育った。

残念ながら、ヴィオラが生まれたのは父王が魂《たましい》の疲弊《ひへい》に苦しみ出してからで、父との語らいの記憶はほとんどない。

その代わり、母と後宮に住む女性達がヴィオラを育ててくれた。子供達のうち一番年少で、しかも父の琥珀色の瞳を唯一受け継いだヴィオラを、側室達はことのほか可愛がってくれたのだ。

母と他の側室達の関係を、ヴィオラはずっと見て育った。

生まれが遅かったヴィオラは、父に目通りを許された回数も数えるほどしかない。

母や後宮の女達が語ってくれる父が、ヴィオラの中の〝父〟だった。

母や他の側室達は協力し合い、父王を支え続けていた。

母は半身にはなれなかったし、たくさんの側室の一人という立場だったものの、それでも十分に愛されていたとヴィオラは思う。

側室達には時折女らしい妬《ねた》み合いや、ちょっとした確執《かくしつ》もあったようだけれど、琥珀王を支えるため、協力し合い惜しみない愛情を捧げ続けていた。

だからこそ父王は、魂の疲弊に苦しみながらも、あれだけの永き時を狂化せず耐え続けられたのだ。

王の傍に侍《はべ》る女性達を見て育ったヴィオラは、いずれ自分も王の側室となるのだと当然のように信じていた。

魔王の娘として生まれ、母や兄、姉に愛されて育ち、代が替わってからは空間属性を持つ高位魔族として魔城で働き、常に魔界の中枢にいる。

望んで得られなかったものは、今までの八〇〇年を超す生の間、一つもない。

琥珀王の狂化後、エルフの森に引きこもってしまった母の、出立直前の言葉が思い出される。

『よいですか、ヴィオラ。貴女《あなた》は次の王に誠意をもって尽くすのですよ。もし王に半身となられる方が現れなければ、琥珀の御君の例に倣《なら》い、後宮をお持ちにならられるやもしれません。そうすれば貴女もお傍に侍り、王がお心安くお過ごしになれるようお慰《なぐさ》め申し上げるのです。――心配しなくても大丈夫ですよ、ヴィオラ。紫魂の御方もきっと素晴らしい王となられましょう。貴女《あなた》もすぐにお慕いするようになるわ』

母の言葉通り、ヴィオラは登城が叶う歳になり、王の目通りを許されたその時から、紫魂王を生涯お仕えする御方だと決めた。同時に、その尊い方の側室になる日を心から夢見るようになった。

紫魂王の魂《たましい》の疲弊《ひへい》が始まった時、ヴィオラは御労《おいたわ》しいと思いながらも内心喜んだ。

半身となる女性がいない王は、元王の例に倣い後宮を持つかもしれない。

そうなれば、当然自分に一番に声がかかるはずだ。

なぜなら、ヴィオラは数少ない空間属性を持つ女性で、元王の娘。正妃か側室筆頭となるのにこれ以上相応《ふさわ》しい者などいないのだから。

いつ「お傍に侍《はべ》り王をお慰めするように」という声がかかるかと、ヴィオラはずっと待ち続けていた。

それなのに――

ある日、魔城の官吏《かんり》達が集められ、ヴィオラの兄である宰相《さいしょう》の口から、〝王は半身候補を得て、狂化の虞《おそれ》から立ち直られた〟と聞かされ唖然《あぜん》とした。

王が正気に戻られたことは喜ばしいが、それを成《な》したのがたった二〇年ほどしか生きていないヒューマンの娘だなど。

王城で働き出して七〇〇年、ただただその役目を待っていたヴィオラをさしおいて、何も知らぬ小娘がその誉《ほま》れを横から攫《さら》っていくとは、何と許しがたいことか。

怒りに満ちたヴィオラに追い打ちをかけるかのように、その小娘の護衛をせよと王から下知が与えられた。

いやしくも元王の娘であるこの身に、ヒューマンごときの世話をしろと！

そう激昂《げっこう》したヴィオラであったが、あることに気付き、思い直す。

王の魔力が見違えるほど安定していることは、王城で生きるヴィオラ達には如実に感じられる。

だから、その娘を王が愛《め》でていることは真実なのだろう。

となれば、ヒューマンの娘を正妃と成すのは、今更覆《くつがえ》せるものではない。

でも、あのヒューマンの娘は、今はまだ半身候補。

もしかすると紫魂王は、ヒューマンの娘では心もとないと、半身にすることを躊躇《ためら》われているのではないか。

もし王が半身の契約を躊躇っているのであれば……

娘を正妃にしても、半身とは成さらないかもしれない。そうすれば、今後側室を持つ可能性だって捨てきれないのだ。

正妃の座はその娘に譲《ゆず》るとしても、側室筆頭はヴィオラしかありえない。

そう考えると、この役目は正妃との既知を得るいい機会である。

紫魂王はそれを見越して、わざわざヴィオラにこの任を申し付けたのではないだろうか。

ヴィオラはそれに気付き、心の中で快哉《かいさい》を叫んだ。

母と側室達のように、ヒューマンの娘と協力し合い、紫魂王を支え続ければいいのだ。

それこそ母の望んだ、そしてヴィオラの望んだ生き方ではないか。

ヴィオラはその未来を想い、うっとりと頬を緩ませた。


初めてそのヒューマン――リィーンに会ったのは魔城の朝議の間であった。一目見た娘のあまりの凡庸《ぼんよう》さに、ヴィオラは内心失笑を堪《こら》えきれなかった。

ヒューマンにしては魔力が高く、『ガイアの娘』らしく上質であることは、まあ認めざるを得ないが、エルフのヴィオラとは比べるべくもない。

手入れの行き届いた容貌も及第点ではあるものの、光り輝くような至高の御方の横に立つ者としては、平凡すぎないか。

受け答えも、はきはきとはしているけれど、特に才気に溢れているとは思えない。

これではヴィオラがこの娘に、魔王の正妃となるに相応《ふさわ》しい教育を施《ほどこ》してやらねばならない。

きっとこの娘も、ヴィオラの高貴な姿を目の当《ま》たりにすれば、じきに自分のことを頼みにするようになるだろう。

そう考えてさっそく正妃としての心構えを説いたものの、どうもリィーンの反応は芳《かんば》しくない。

こんなことだから王が半身の契約を躊躇《ちゅうちょ》するのだと考えていたヴィオラだったが、リィーンが発した言葉に、心の芯が冷えた。

「まだ考える時間が欲しくて」

なんと――

半身の契約をまだ結んでいないのは、紫魂王の意志ではなく、この小娘が王を待たせているのだったとは。

王に愛《め》でられることがいかに身に余る光栄か、この小娘は全くわかっていない。

魔王とは、ガイア神に繋がるただ一人の御方。

その至高の御方のお傍に仕えることが、どれほどの喜びか。

親しく声をかけてもらえることはない。名を呼ばれることもほとんどない。

いつもはいないも同然に扱われるが、王の望みに応えられた時、ごくたまに褒めるような目を向けられる。その眼差《まなざ》しに、ぞくぞくするほど満たされるのだ。

視界に入れていただけるだけで至福。

王とは、それだけ尊いお方なのだ。

それを――あの娘の態度はどうだ。

ただのヒューマンの身で、かの御方の御寵愛《ごちょうあい》を受ける栄誉を賜《たまわ》りながら、半身の契約を先延ばしにする。

王に気を持たせ、自分の価値を上げようとわざとじらしているのか。

「まだ考える時間が欲しくて」だと？　笑わせる。魔界の頂点たる紫魂の御方に望まれて、何を考えることがあるのか。

そのくせ、軽々しく王の名を呼び、敬語も使わず、まるで対等であるかの如《ごと》く話す。卑小なる人の子の分際で、偉大なる御方をなんと心得るか。

王の半身となる覚悟もなく、ただ与えられる愛情だけは当然のように受け取る身の程知らず。

王が手ずから施《ほどこ》した魔道具を、これ見よがしにヴィオラの前で纏《まと》う厚顔さ。

愚かなヒューマンの娘。


ヴィオラはこの卑しきヒューマンの娘に、少し灸を据えてやろうと考える。

魔城の官吏《かんり》達から、〝ギューゼルバーンの元王が『ガイアの娘』を欲しがって誘拐し、それを第五位ガーヴが助けた〟という話を聞き、かのヒューマンの国を利用することにした。

ギューゼルバーン元王に接触し、もしファンテスマの所定の場所に迎えを寄越すのであれば、『黒の癒《いや》し手』を渡してやってもいいと話を持ちかけたのだ。

そして、いくつか条件をつけた。

『黒の癒し手』に手を出せば、ヴィオラも王に反旗を翻《ひるがえ》すことになるため、ヴィオラをそちらで匿《かくま》うこと。

所定の場所には転移で行くが、そこからはギューゼルバーンまで馬車で安全に運ぶこと。

魔族に見つからぬよう、ヴィオラの分も合わせて魔封じを二つ用意すること。

こちらの都合で動くので決行の時は約束できないが、転移すればすぐに出立できるよう準備を怠《おこた》らぬこと。

ギューゼルバーン元王は、ちょうどファンテスマから退かせるつもりの間諜《かんちょう》達がいるから、それにこの任を命じると二つ返事で同意してきた。

魔封じを貰い、落ち合う場所も決め、準備はすべて整った。

ヴィオラとて、本気で魔王の正妃候補をヒューマンにくれてやるつもりなどない。

ただちょっと脅かして、己の身の程をしかと思い知らせるだけ。

ヴィオラの足元に跪《ひざまず》き、助けてほしいと身も世もなく泣き縋《すが》るのであれば、すぐにこんな茶番はやめるつもりだった。

だからこそ、ギューゼルバーンへ直接転移させず、ファンテスマまで迎えにこさせたのだ。その上、ヒューマンどもが万が一にも王の正妃候補を傷つけぬよう、彼女の傍に残った。

それに、この娘をギューゼルバーンの王だったあのヒューマンが欲しがっているなど、八公《はちこう》達は皆知っていること。

娘がいなくなれば、ギューゼルバーンの関与を疑うのは当然だろう。魔界から、かの地の方角を管轄する第八位が娘を探しに飛ぶはず。直接娘を王城になど送り込んだなら、すぐに見つかってしまう。

そう考えて仕組んだことだ。

また、紫魂王が与えたであろう魔道具に、何の魔法が付与されているかわからない。

まずはあの首飾りを取り上げる機会を窺《うかが》わなくては。

そのためにヴィオラはリィーンに頭を下げ、何食わぬ顔をして護衛の任に戻った。

そして、首飾りを外した娘からそれを取り上げ、翼犬《よくけん》を出し抜いて娘を転移させる。あとはギューゼルバーンの手の者が盛大に脅してくれるだろう。

ヴィオラはその様子を黙って見ていればいい。

十分に反省の色が見えたら、助けてやろう。

馬車の周りのヒューマンどもを殺し、最後の一人にヴィオラの魔封じを外させる。

たとえ魔封じをされていても、ただのヒューマン如きに、エルフであるヴィオラがおくれをとるなどありえぬ。容易《たやす》く排除できよう。

娘に反省を促《うなが》し、今後は王に対する馴れ馴れしい態度を改めるよう、しかと言い聞かせる。

それから、こんな娘が半身となったとて、重責に耐えられずすぐに消滅してしまうだろう。そうなれば王のお心を乱してしまう。だから、半身の契約は丁重に断り、正妃としてほしいと王に具申することを誓わせなくては。

この娘が憐《あわ》れっぽく泣いて跪《ひざまず》き、ヴィオラに許しを請えば、魔封じを外してやる。

あとは紫魂王の前にこの娘を連れて行き、教育を済ませたと言えばいい。

もちろん王が大切に想う女性を危険な目に遭わせたのだ、きっと厳しく叱られるのは、ヴィオラだってわかっている。

だけど、自分が娘に怪我をさせないようずっと守ってやったのだと言えば、多少の行き過ぎた躾《しつけ》くらい許してくれるとヴィオラは考えていた。

ヴィオラの兄も姉も、助命を嘆願してくれるだろう。偉大なる琥珀王の娘を、貴重な空間属性持ちの女魔族を、こんなことで処分するはずがない。

もとはと言えば、身の程知らずの娘が悪いのだ。

この娘が王に対する態度を改め、殊勝《しゅしょう》な姿を見せれば、ヴィオラはよくやったと褒めてもらえるかもしれない。

それなのに——

ヴィオラは苛々とリィーンの様子を窺《うかが》った。

すぐに泣き崩れるかと思っていた娘は、ふるふると震えながらも毅然《きぜん》と男達を睨《にら》みつけて、ヴィオラに取り縋《すが》る様子もない。

今も、目を瞑り、じっと座っているだけ。

助けが来るとでも思っているのか。

そんな娘に、ヴィオラはわざと魔道具を見せつけてみせる。お前は無力だと思い知らせるために。

魔王陛下がこの娘のために施《ほどこ》した魔道具は取り上げた。

眷属《けんぞく》もファンテスマ王都に置いてきた。
この小娘に抗《あらが》う術《すべ》などない。
さっさと自分に助けを求めればいいのに。
王の愛情を甘受するだけで返しもしない慮外者《りょがいもの》。

そうして何時間も経った頃。ふと、魔族の気配を感じ、ヴィオラは視線を上げた。
――翼犬《よくけん》か。
まさか封じられた身体でここまで探して追ってきたのか。
全くこの娘は、眷属《けんぞく》にも恵まれている。
一向に態度を改めぬのは、眷属と念話で話していた余裕のせいか。
小娘め。お前の眷属を、目の前で殺してやろう。
ヴィオラは馬車を停めるため、御者台に続く小窓を叩いた。

幕間　～ノーチェ～

事が起きた頃。ノーチェは朝議の間で宰相《さいしょう》、八公《はちこう》との会議中であった。
その知らせを受ける直前、魔王の半身候補、リィーンの護衛について話していた。

「しかし陛下、なにゆえあと四〇〇年もファンテスマでの警護が続くとお考えでしょうか？」

第二位マノウヴァが問う。

「あれはか弱き人の子。数年待ってもあれの心持ちが定まらぬなら、それは私の半身となるつもりがないということだ」

ノーチェのその言葉に、八公達が首を傾げる。

「あんなこむす……こ、これはご無礼をいたしました」

小娘、と言いかけてあまりの不敬に気付いたアクエンティンが立ち上がり、ノーチェに詫《わ》びる。

ノーチェは軽く頷いてそれを受け、苦笑交じりに口を開いた。

「そうだ。リィーンはただの心弱き小娘にしか見えぬが、あれはあれで頑固で、思い切りもよい。四〇〇年もいたずらに契約を延ばすようなことはすまい。私を愛し、永き刻《とき》を共に生きると決め、己が半身が狂化で死ぬ様を見届ける覚悟さえできれば、あれはすぐに半身の儀を結ぶと言うだろう」

それに、とノーチェは続けた。

「リィーンの世界では、人の子の寿命は百年に満たないらしい。この地に来てあれの寿命は四〇〇年にまで延びた。が、魂《たましい》はまだこの地に馴染んでいない。二〇年かけて大人になり、六〇ほどで年を取り、緩やかに老いていく。その早さで生きることが当然であった人の子が、誰かを愛することを決めるのに四〇〇年かけるであろうか」

八公は、ただ聞き入っていた。

「数年、おそらく一〇年たっても私を愛してくれることがなければ、あれは今後ファンテスマから動くことはあるまい」

ノーチェは悲しげに微笑む。

「一〇年このままであれば。その先に半身となる望みは薄い。四〇〇年後は寿命を終えてかの地へ帰っていくであろう。私は四〇〇年かけて、あれのいない数千年を耐える覚悟をつけるつもりだ」

その時――

ガタリと音を立て、第二位マノウヴァが立ち上がった。

彼は、いつになく焦りの見える表情で告げる。

「陛下。二の街より念話がありました。ファンテスマ王都より伝導話器《でんどうわき》の連絡があり……その……」

マノウヴァはちらりと、宰相《さいしょう》グレニールと第四位シェーラを見てから続けた。

「ヴィオラが翼犬《よくけん》を振り切り、リィーン殿を連れてどこかへ転移したと」

ノーチェは急いでリィーンの眷属《けんぞく》である翼犬と、ヴィオラの気配をたどる。……が、ファンテスマ王都にいるはずの気配がどちらも見つからない。

「ヴィオラ」

ノーチェは虚空《こくう》に呼びかけた。

魔王たるノーチェの呼び出しに、ヴィオラからの返答はなかった。

『ヴィオラ』

轟々《ごうごう》と魔力が渦《うず》巻く。

魔族であれば逆らえぬほどの魔力の高まりだが、やはりヴィオラの応えはない。気配もたどれぬところを見ると、深い結界の中にいるか……あるいは封じられたか。

「グレニール、シェーラ。ヴィオラを何としても探し出せ」

ノーチェはそう言い置くとファンテスマへ転移した。

ファンテスマ上空に飛び、探索の糸を伸ばす……それでも、ヴィオラと翼犬の気配はどこにもいない。


ノーチェは王城の謁見《えっけん》の間に転移するやいなや、第二王子を呼べと命じる。

すぐにやってきた第二王子レオンと、青騎士達により、詳細が明らかになった。

「リィーンが首飾りを外した瞬間、ヴィオラがリィーンを掴んで転移したと？」

「はっ、護衛の者がしかと見ておりました」

赤い髪の騎士——リィーンが親しげにヴァンと呼んでいた男だ——が跪《ひざまず》いたままノーチェに答える。

「ヴィオラが、何か危険を察知したために転移したとは考えられぬか？」

「そのような様子は見受けられませんでした。その場には王太子の一の姫もおられましたので、警備も厳重でしたゆえ」

何があったのか……

ノーチェは焦燥に駆られながらも、さらに疑問を投げかける。

「リィーンの首飾りは守りの魔道具だ。それをリィーンはなぜ外した？」

騎士達が互いに見交わし、首を傾げつつ答えた。

「それは我らにはなんとも……」

守りの魔道具を外すなど、どうしてそのようなことをリィーンがしたのか。そして、魔道具を外したリィーンを、ヴィオラが転移させたのはなぜだ？

ノーチェはめまぐるしく思考する。

どう考えても、ヴィオラがリィーンを襲ったとしか考えられない。己が眷属《けんぞく》が、何の理由で？

「……まさか高位魔族の方が、リィーン殿に危害を加えるなど」

もう一人の騎士が、そう悔しげに呟く。

「翼犬《よくけん》はどうした」

ノーチェの問いに、赤毛の騎士が答えた。

「リィーン殿が転移で消えたあと、咆哮《ほうこう》を上げ、空に飛び立ちました。すぐに城の結界に当たる激しい音が聞こえ、落ちてきたのですが……その……子犬のように小さくなっておりました。その後また飛び立ち、結界に攻撃を数度加えてそれを破り、いずこかへ。空を飛ばれると我らには探索のしようもなく」

翼犬も怒りのあまり、結界の存在を忘れて飛び立ったのかもしれない。

そして結界にぶつかり、落ちた。身体が小さくなっていたということは……

そこまで考えて、ノーチェは呟く。

「魔封じだ」

ノーチェの言葉に、跪《ひざまず》いた騎士達が怪訝《けげん》そうに彼を振り仰《あお》ぐ。

「翼犬は主《あるじ》の魔力を糧《かて》にしている。リィーンの魔力が封じられれば、繋がりを絶たれた翼犬は幼体に戻るしかあるまい」

「では……リィーンは……いえ、リィーン殿は、転移先で魔封じをつけられたと？」

魔封じという言葉に、リィーンの状況がかなり厳しいと騎士達も気付いたようで、顔を見合わせて悲痛な表情を浮かべている。

ただでさえヒューマンの魔力は捉えにくい。魔封じで封じられてしまえば、見つけることは難しくなる。

ヴィオラの気配がたどれぬのは、ヴィオラも封じられているからでは……

〈王よ〉

ノーチェがそこまで考えた時、第八位シースランカの念話が聞こえた。

〈ギューゼルバーンの前王を捕まえ申した〉

ノーチェがファンテスマにいる間に、八公《はちこう》達も動いていたようだ。

リィーンを攫《さら》った前科を持つ、ギューゼルバーンの関与を疑った第八位シースランカが、隠居しているはずの前王を探し出し、その身を押さえたか。

ノーチェはシースランカの気配をたどり、ギューゼルバーンへ転移した。

一瞬ののち、着いた先には、シースランカの補佐達によって拘束された金髪の男がいた。

このヒューマンが……

リィーンを召喚し、ファンテスマから策を弄《ろう》して攫い、押さえつけ、傷つけ、さらにはその身に触れ無体を働いた男。

制御できない怒りで、ノーチェの身体から魔力がゆらゆらと立ちのぼる。彼はシースランカに短く問いかけた。

「彼奴《あやつ》はなんと？」

「ヴィオラと共謀してリィーン殿を捕えたとのことです。ファンテスマから、馬車でギューゼルバーンへと向かっているだろうと」

シースランカの言葉に、ヴィオラが敵であったと確信し、さらなる怒りが湧き上がる。

ノーチェは一瞬で前王の前に降り立ち、その胸倉を掴み上げた。

「リィーンはどこだ」

前王はノーチェの魔力に震えながらも、にやりと笑う。

「あれは俺が呼び寄せた異世界人だ。俺のものをどうしようと俺の勝手だろう」

ノーチェの腕に力がこもる。

「あれは……リィーンは我が半身。我が命。お前などに触れさせはせぬ」

「それほど大事なら、鎖をつけてしまっておけばいいものを」

せせら笑いつつ投げかけられる言葉に、ノーチェは怒りのあまり震えた。

そんなノーチェを見て、勝ち誇ったように前王が叫んだ。

「こちらに届かぬなら殺せと言ってある。今頃、もう死んでいるかもしれぬな」

ぎらぎらと血走った目で、男が絶叫する。

「俺は〝獣〟じゃない！　ロドリグ・オーレリアン・ラ・ドゥ・ギューゼルバーンは〝神〟を超える！　レオンハルトめ、ざまを見ろ！　あいつよりも魔王よりも俺が上だ。あの女は俺のために死ぬんだ！」

その瞬間、ノーチェの怒りが爆発した。

暴発した魔力が前王を襲う。

ぷすぷすと煙を上げる死骸を投げ捨て、ノーチェは危うい己の魔力をもてあましつつ考える。

怒りに身を任せれば……このまま狂化してしまう。

リィーンはまだ生きている。

彼が世界を壊せば……リィーンとはもう二度と会えない。

ノーチェは必死で自我を保とうと、荒れ狂う魔力を抑え込む。

「リィーン……リィーン」

魔力がうねる。

うねる。

魔力が……うねる。

ノーチェは己の奥底に、宿木《やどりぎ》のもとに、心を閉じ込めた。

美鈴……

◇　◇　◇　◇　◇

目の前で、ノエルとヴィオラさんの戦いが繰り広げられている。

ヴィオラさんが飛び出し、ノエルに斬りかかる。ノエルがそれを躱《かわ》し、振るった爪が剣に当たってカキンと甲高い音を鳴らす。

魔族同士による、魔力を使わない激しい戦いだ。

私は馬車の前に倒れ込んだまま、ノエルとヴィオラさんの死闘を見つめていた。

ヴィオラさんは危なげない剣さばきで、ノエルを斬り伏せようとしている。

ノエルも怪我は負っているものの、身体の小ささと、飛べる利点を活かした縦横無尽の動きでヴィオラさんに襲いかかる。

今のところどちらの攻撃も当たらず、戦いはこう着している。でも、傷ついたノエルはきっとヴィオラさんに敵わない。

私も、自分のやるべきことをやらなくては……

私はそっと周りを見回した。

細い山道。正面は上り坂で、後ろは下り。

馬車の向こう側にはうっそうとした木が生え、ごつごつとした岩の目立つ急斜面がずっと上まで続いている。

そしてこちらは草叢《くさむら》。座り込んでいる私には草木に隠れてその下が見えないけど、ノエルの話では、すぐそこから切り立った崖になっているらしい。

足場の悪いここをノエルの襲撃地点として選んだのは、魔封じで封じられたノエルが、一度にたくさんの男達と戦わなくていいようにするため。

それと……私が逃げるため。

ヴィオラさんとノエルは私の少し先――一四、五メートルほど先で戦っている。ヴィオラさんは魔封じをつけたまま。あとちょっとの間なら、ノエルが注意を逸らしていてくれるだろう。

他の男達はノエルが倒した。そこここで倒れている男達の中には呻き、悪態をついている者もいるけれど、皆、怪我をしていて動けそうにない。

あとは……

私の横に立つ男をそっと見上げる。

男の意識はヴィオラさんとノエルの戦いに向けられていて、非力な私には何の注意も払っていない。

私はアイテムボックスから、コルテアで買ったナイフを取り出す。そのまま身体を捻《ひね》ってナイフを振った。狙うは男の足。

「うおっ、何すんだこのアマ！」

へたれな私の剣では、大した怪我にもならない。だけど、これで走りにくくなってくれれば。

大きく振り回したナイフは、彼のアキレス腱の少し上辺りを薄く切り裂いた。飛び散る血と嫌な手ごたえに顔を歪《ゆが》めつつ、私は駆け出す。――崖のある草叢《くさむら》へ。

続けてアイテムボックスから魔法のじゅうたんの「タンくん」を取り出し、助走をつけてダイブするように飛び乗った。

「タンくん」はあまりスピードが出ない。だから、とっさに追いかけられないよう男の足を斬りつけて時間を稼ぎ、ヒューマンでは手が届かない崖へ向かったのだ。

捕まるわけにはいかない。

ほんの少しでいいのだ。おそらくあと二〇メートルほど離れれば……

きっとあと少し。あとちょっと、と思った時――

「ふざけろ！」

男の声の直後、私は肩に鋭い衝撃を受けた。

熱い！

右肩の辺りを風魔法の刃に斬り裂かれ、一瞬そう感じる。

衝撃に息が止まった。痛みというより、ひどいやけどを負ったような熱さ。私は反動でのけぞり、「タンくん」から投げ出された。

――主《あるじ》！――

――ノエルも逃げて！――

草で隠れていたその先は、少し下まで岩と草木のごつごつとした急斜面が続いていた。

私はそこを、すごい勢いで転がっていく。

なんとか身体をくの字に折り曲げ、顔や身体の内側を守って滑り落ちる。ガリゴリと耳元で恐ろしい音が鳴り、身体中を切り裂かれる痛みが全身を襲った。

そして、ただ、一心に祈る。

――早く――はやく！――きて――

必死に伸ばした手に、ふいに固いものが当たった。

――きた！――

ノーチェの魔道具「まもるくん二号」だ。私が崖から落ちることでヴィオラさんとの距離が開き、手元に戻ってきたのだ。それを必死で握りしめる。

頭の中でアラームが鳴り響き、危険を察知した魔道具が強力な『防御膜』を張る。

『ヒール』が身体中の擦り傷と、先ほど斬られた右肩の傷を癒《いや》してくれるのを感じながら、なおも滑り落ちていく。

めまぐるしく変わる風景に、三半規管が悲鳴を上げる。

大きな岩が迫り、私はそれに当たって跳ね、空中に投げ出された。

崖はそこから垂直に下まで続いていた。スピードを上げて落ちていく。

風と音の奔流《ほんりゅう》が周りを渦《うず》巻いている。

あっという間に、地面に叩きつけられた。

ものすごい爆音と共に地面に激突した私は、そのままの勢いで地面を抉《えぐ》り、数回バウンドして止まる。

ノーチェの施《ほどこ》してくれた防御膜はさすがの強度で、私にはかすり傷ひとつ付かなかった。

だけど、ぶつかった地面はそうはいかない。

もうもうと立ち上る土煙の中周りを見回すと、すり鉢状の土の壁が見えた。どうやら一メートル近く地面にめり込んだようだ。地面がクレーターみたいになっていた。

目が回り、吐き気がする。生身でフリーフォールとかしゃれになんない。

身じろぐと、全身に痛みが走った。

おそらく、急に動いたことや、痛みや恐怖で反射的に身体に力が入ったことによる全身筋肉痛のようなものだろう。

その痛みも、魔道具のヒールで徐々に鎮《しず》まる。風魔法で斬り裂かれた傷も、もう何ともない。

気が遠くなりそうな吐き気を抑える。

今、倒れてはだめ。時間がないのだ。

ヴィオラさんがきっとすぐに追いかけてくる。あの男に魔封じを外してもらえば、転移して一瞬だ。

急がなきゃ。

私は胸元で必死に握りしめていた両手を開き、まもるくんを見つめた。

逸《はや》る気持ちを抑え、まもるくんを魔封じにかざすと、そっと指先でトントンと叩く。

ターン……タッタ、ターン、タタッタ、タタンタタッ……

——ああ！

崖を飛び降りた恐怖体験と緊張と焦りで震える手が、繊細なリズムを叩けない。二度も失敗した時には、パニックで泣き出してしまった。いらいらと右手を太ももに何度も叩きつける。

息を整え、もう一度。

ターンタタッタ、ターンタタッタ、タタンタタッタ、タタタタタッタ。

そのとたん、魔道具から魔力が放出され、魔封じに流れ込んでいく。

お願い。ちゃんと外れますように。

結局、テストもできずにこんなことになっちゃった。ぶっつけ本番だ。これができなければ「タンくん」で飛んで逃げなくちゃいけない。って「タンくん」はどこにあるんだろう？

身の凍るような緊張の中、息を詰めて見守った数秒後、魔封じがガシャリと音を立てて外れた。

よかった。できた。うまくいった。

脱力して倒れ込みそうになる。

――主《あるじ》！　リィーン！――

巨大な姿に戻ったノエルが飛んできた。

ひどい怪我をしているノエルに、急いで『ヒール』を唱える。

「ノエル！　ごめん。ありがとう。痛かったでしょう？　ごめん」

ノエルを治療し、ＨＰが完全回復していることを確認すると、ノエルの首に抱きついた。

温かい毛皮の柔らかさに、やっと人心地がつける。

……時間がない。

ノーチェはどうなっただろう。

……きっと、めちゃくちゃ心配している。

ううん。

心配では済まないかもしれない。

周りを破壊したりしてないだろうか。

──狂化が進んでいたり……しないだろうか。

「ノーチェ」

私はそっと虚空《こくう》に呼びかけた。無事であってほしいと祈りを込めて。

とたんにそこに生まれた魔力は、まさに爆発だった。

危険を察知したノエルは私の影に入り、まもるくんの防御膜がギシギシと音を立てる。

禍々《まがまが》しいほどの魔力を放つノーチェが、魔力の渦《うず》の中心に立っていた。ノーチェの周りを、魔力の風が竜巻みたいに渦巻いている。

「ノーチェ」

ノーチェの紫の瞳は狂気を湛《たた》えていた。

「リィーン……リィーン……リィーン」

座り込んだままの私に近付いたノーチェが、がくりと膝を落とす。彼はうわ言のように私の名を呼びながら、のろのろと手を伸ばしてきた。

「ごめん。心配かけたね。ノーチェ、もう大丈夫だから」

「リィーン……リィーン……リィーン」

触れると私が消えると思っているのか、ノーチェは私のすぐ傍に膝をついた姿勢で手を伸ばして止まっている。

そんなに怯《おび》えないで。私はちゃんとここにいるから。

ここまでノーチェを心配させてしまったのか。

狂わずにはいられないノーチェの運命に、こんな不安定になるほどの重責を与えたガイアに、今の状況を作り出したヴィオラさんに、なによりノーチェを追い込んでしまった自分に、怒りが湧き上がる。同時に、ノーチェへの愛しさと申し訳なさを覚えた。

「ノーチェ。ごめん。私は大丈夫。もう、どこにも行かないから」

手が触れる。

次の瞬間、ノーチェに抱きしめられていた。痛いほどの腕の強さにノーチェの不安が窺《うかが》える。

「リィーン……私のリィーン」

ごめんね。ノーチェ。心配かけて。もう大丈夫だから。

私もしっかりと抱きしめ返し、これで助かったのだと心から安堵のため息をついた。

「陛下」

ふいにかけられた声に、私は視線を上げる。すると、ヴィオラさんが立っていた。あの男に魔封じを外してもらったのか。

ヴィオラさんはノーチェだけを見ていた。彼女は私を抱きしめるノーチェの背中に語りかける。

「わたくしは、ただこのヒューマンに正妃としての教育を……」

震える声が痛々しい。

「わたくしも陛下のお傍に……」

ノーチェは、ヴィオラさんに見向きもしなかった。

私を抱きしめ、時々髪や背中を撫《な》でて感触を確かめ、身体を離して私の姿を見つめ、もう一度抱きしめ、うわ言のように「リィーン」と繰り返す。

今のノーチェが、ヴィオラさんに気が付いているかもわからない。

ヴィオラさんは、私をキッと睨《にら》みつけた。

「お前がいるから！」

叫び声と同時に、攻撃魔法が放たれる。

——あぶない！

ノーチェは私を抱きしめたまま無造作に——本当に無造作に、手を振って虫を払うようなしぐさをした。

とたんにあっけなく魔法は弾かれ、ヴィオラさんの身体が吹き飛ばされる。

あっと思って動こうとしても、ノーチェがそれを許さない。

「ノーチェ」

なんとかノーチェを宥めようとしていると、また大きな魔力が出現した。

顔を上げると、宰相《さいしょう》グレニールさんと八公《はちこう》達が跪《ひざまず》いていた。

彼らは私達と打ち捨てられたヴィオラさんを見て、なんとなく状況を把握したらしい。

私と目が合ったグレニールさんが、軽く首を横に振った。ヴィオラさんを悲痛な表情で見つめるシェーラさんも、何もしようとはしない。

ヴィオラさんを助けることはできないらしい。……でも、兄弟なのに……

ノーチェは私を抱き上げると、八公達に見向きもしないまま、転移した。


ぐらりと視界がぶれ、ノーチェの居室に着く。

趣味のいい落ち着いた部屋。ノエルと私の姿絵は、今も変わらず飾られていた。

……帰ってきた。これでもう安全だ。

私はほっと深く息をついた。

ノーチェは私を抱きしめ、怪我がないか、確かめるように触れてくる。

右肩の怪我も、崖から落ちた衝撃による筋肉痛も、全部ヒールで治してある。だから私が無事なことがわかれば少しは安心できるかと考えていたのだけれど、甘かった。

私も必死すぎて、自分がどれだけひどい状況か見えていなかったのだ。

冷静に自分の状況を振り返ってみると……顔はきっと、汗と涙と土埃《つちぼこり》と血に汚れてひどいことになっているだろう。髪もぐしゃぐしゃ。崖を滑り落ちたドレスは所々破れ、ぼろぼろだ。しかも……魔法の刃で切り裂かれた痕がある。

怪我は治っているけど服に付いた血はまだ固まっておらず、赤黒い血で濡れた布地がごわごわして気持ちが悪い。

ノーチェは喉の奥で怒りの唸り声を上げ、私のドレスの背中に触れる。壊れ物に触るみたいな繊細な手つきと、抑えきれない怒りで禍々《まがまが》しく溢れる魔力のアンバランスさが、ものすごく危うい。

私はノーチェが怒りで暴走しないよう、しっかりと抱きしめ返した。

「大丈夫。大丈夫。ノーチェ。私は大丈夫」

そっと繰り返す。

ノーチェは私を抱きしめ、髪にキスをして、私の頬を両手で持ち自分の方へと向ける。

瞳を覗き込み、私が無事であることを確かめ、また抱きしめ——

そうして、少しずつノーチェの瞳から狂気が薄れていった。


ようやくノーチェが落ち着いたところで、ぼろぼろのドレスを着替える。

本当ならお風呂にゆっくり浸りたかったんだけど、私から一瞬も目が離せないとばかりにノーチェがずっと傍にいた。このままではお風呂にも付いてきそうだったから『洗浄・乾燥』だけであきらめたのだ。

汚れを落として髪も梳《す》き、清潔なドレスに着替えると、私の気持ちもだいぶ落ち着いた。

温かい飲み物を貰って飲むと、生き返った心地がする。

ノーチェも、やっと会話ができるようになった。

そこで私は、転移で飛ばされてからの話をぽつぽつと話して聞かせた。

「すまなかった」

話を聞き終えたノーチェが、悔しげに口を開く。

「我が眷属《けんぞく》が、そなたを傷つけるとは……」

「ヴィオラさんは……」

私がその名を出したとたん、ノーチェの身体から怒りが炎のように舞い上がる。

私は急いで言い換えた。

「あ、あの人は……ガイアの禁忌《きんき》のせいで、私がノーチェの『縁の者《えにし》』だなんて知らなかったんだもん。いきなり知らないヒューマンが出てきて半身候補になったことが、高位魔族として許せなかったんじゃないかな」

「誰に許しを得る必要がある。私の半身は、私だけのものだ。私の想いを、誰にも侵《おか》させはしない。何人たりとも我が半身に触れさせるつもりはない」

ノーチェの慟哭《どうこく》に、悲しみと喜びがないまぜになって私の心を揺らす。

「リィーン……」

ノーチェはそう言いかけ、そっと微笑み、言い換えた。

「美鈴」

私の真名を呼ぶその声に、心が震える。

「そなたを……離したくはない。そなたを、失いたくない」

ノーチェは懇願《こんがん》するように呟いた。

「もう……限界だ」

紫の瞳が私を見つめる。

「もう少し待ってやりたかったが、今日またそなたを危うく失いかけた。こんな思いはもうたくさんだ。どうか、私と半身の契約を結んでほしい」

――半身の契約。

それは魂《たましい》の結びつき。一度結んでしまうと決して解消されない。

ノーチェと寿命を共有することになるから、私も数千年、年をとることなく生きることになる。

「ノーチェ……」

「美鈴。そなたと出会って半年ほど。何度もたわいない会話をして過ごすようになって気付いたことがある。私は今までこのような時間を持ったことがない。穏やかなこの時間のなんと得難きことかと。そなたの語る家族との思い出は、どれもこれも些細《ささい》な出来事の積み重ねで、だからこそ、その日常が愛おしいのだと私にもわかった」

だから、とノーチェは私に乞うた。

「美鈴。私に、家族をくれぬか」

ノーチェは私の手を握りながら続けて語りかける。

「私には親も兄弟もいない。家族について知らぬことばかりだ。迷うことも多いだろう。わからぬ時はセツメイショを持って、部屋に閉じこもるやもしれぬ」

一瞬、何のことかわからなかった。そして、すぐに私のお父さんの話だと気付く。

ちゃんと覚えてくれていたんだ。とりとめもなく、あんなにいっぱい話したのに。あの意味不明で支離滅裂《しりめつれつ》で洪水のような言葉の羅列を、ノーチェは覚えていてくれたのか。

私は、視界が涙で滲《にじ》むのを感じながら、微笑んで答えた。

「じゃあ私は『お父さんって何の役にも立たないのよ、こういう時』って呆れればいいのね」

ノーチェの紫の瞳が、愛おしげに細められる。

「いつもは料理人に任せるが、時々はそなたもかの地の料理を作ってくれ。大鍋にいっぱい作ってくれた『かれー』を毎日食べよう」

幸せな涙が溢れてくる。

「じゃがいもは北海道産がジャスティスなんだよ」

「子は二人以上欲しい。二人目が生まれれば、一人目と続けて呼べるような名をつけよう」

ますみとみすずで『ますみすず』みたいな。

涙が止まらない。こんなに嬉しい涙は初めてだ。

「それで、纏《まと》めんなよってみんなで笑うのね」

「宿木《やどりぎ》から生まれた私は、ただ一人で生きてきた。背を押してくれる父の愛も、包み込む母の安らぎも知らぬ。そんな私が子に示してやれることはないだろう。八〇〇有余年の永き時を生きても、私は不完全なままだ」

ノーチェの言葉の一つ一つが、私の心を解きほぐしてくれる。

「私は今まで家族を持てなかった。そなたと私、子供達で、新しい家族を作っていこう。いつも笑い合えるような、温かい家族を。そして子供達は、ありがとうとごめんなさいをちゃんと言えるように育てよう」

「うん。……うん」

「そなたの悲しみの上に、私の幸せがある。そなたの慟哭《どうこく》の上に、この地の安寧《あんねい》がある。それでも……。そなたに傍にいてほしい」

ノーチェは居住まいを正すと、私に手を差し伸べた。

そっと語りかける。そっと、先ほどと同じ言葉を。

「美鈴。私に、家族をくれぬか」

ノーチェの言葉の一つ一つが、私の心に染み渡る。

嬉しいと思う。

そして、愛しいと思う。

今まで知らなかった気持ちだけれど、だんだんわかってきた。誰かを想うって素敵なことだ。

ノーチェを想うと胸が高鳴る。どきどきと。

このときめきを、この喜びを、私は、やっと知った。そして、ノーチェもそれを感じてくれている。

私は差し出されたノーチェの手を見つめた。

この手を取るということは、これから数千年、生き続けるということ。

この手を取るということは、この『ガイアの箱庭』の頂点に立つ者を支えていくということ。

この手を取るということは、数千年後、この人が狂化して世界を破壊し、殺される運命と戦うということ。

ノーチェの狂化を思うと、胸が張り裂けそうになる。

きっと、不安や心配に押し潰《つぶ》されそうな想いを抱えて過ごす数千年になるだろう。

だけど――

ガイアの決めた運命なんて受け入れない。

まだ数千年あるもの。きっと何か、できることがあるはず。私がノーチェにしてあげられること。

ガイアにもらった指輪もある。いざとなったらガイアに直談判しに行ってやる。

この指輪は、そのために使うんだ。

うん。わかっている。……私達が出会えたのは、ガイアが選んだ魂《たましい》だから。

ノーチェの愛情は、依存に近いものだ。

だけど、それだけじゃないよね。

私達はちゃんと、好き合っている。

この危うさもひっくるめて、私はノーチェを受け入れよう。

『騎士の妻は、心が強くなければなりませんの』

青騎士の奥方の言葉が心に蘇《よみがえ》る。

私も、騎士の妻達を見習おう。

うん。女は度胸だ。女はサムライだ。女は、こと、ここにおいて迷わずだ。女は心が強くなけりゃいけないんだよ。

私はノーチェの手を取った。彼を見上げて口を開く。

「はい、ノーチェ。私の家族になってください」

「数千年の永き刻を、ともに過ごしてくれるか？」

「うん。ノーチェと、一緒にいたい」

ノーチェは痛いくらいの力で私を抱きしめた。


暗い。

深い森の中にある広い空間。そこには一本の木が立っている。

仄《ほの》かな光を帯びた太い幹は、神々《こうごう》しい魔力に溢れている。

――宿木《やどりぎ》のもとへ、ノーチェは私を連れてきてくれた。『半身の契約』を結ぶために。

静謐《せいひつ》な魔力に満ちたこの場所。夢の中でしか見たことがなかった宿木のもとへ、もう一度来ることができるとは思っていなかった。

夢の中と同じく、宿木は天に向かってそびえ立っている。

『半身の契約』を結ぶにあたり、ノーチェは丁寧に説明をしてくれた。

「よいか、美鈴。半身の契約は魂《たましい》に深く刻み込まれる。我が名はノーチェ。だが半身の契約にかかる真名は、それだけでは不完全なのだ。己の持つすべての称号を含めた名が、本来の真名となる。取得した順に述べるのだ」

ん？　すべての称号？
私は自分のステイタスを開く。まるで初めて見るかのような新鮮な思いを抱きながら、改めて称号の欄をまじまじと見つめた。

―リィーン・カンザック―
ＨＰ……999／999
ＭＰ……823／999
種族……ヒューマン
年齢……23
職種……カンザック男爵家当主、魔術師
属性……【光】【闇】【火】【水】【地】【風】【無】
スキル……索敵《サーチ》・隠密《おんみつ》・マッピング・調合・隷属《れいぞく》契約解除
称号……『ニィル・ヴォールダ・リィーン』『ヴァルナ・リィーン』『黒の癒《いや》し手』『異世界の旅人』
状態……『魔王の加護』補正（全パラメータ×2）

『異世界の旅人』。

今まで誰も知らず、誰も呼ばなかったこの称号。これに何の意味があるのかとずっと思ってた。

たった一人しか呼ばない『ニィル・ヴォールダ・リィーン』にも。

こんな明確な意味があったなんて。

——そうか。

心の奥底で、何かがカチリとはまった気がした。

私は、私の真名を、やっと知ったのだ。

「私の真名は『異世界の旅人』『黒の癒し手』『ヴァルナ・リィーン』『ニィル・ヴォールダ・リィーン』神崎美鈴」

私がそう言うと、ノーチェは頷いた。

大地の源《みなもと》、宿木《やどりぎ》のもと、ノーチェは私を跪《ひざまず》かせ、自分も向き合って跪く。そして、私の手を包み込むようにそっと手を重ねる。

想いを込めて、視線が絡み合う。

『我はノーチェ。『大地を統《す》べる者』『第三七の根《こん》』『紫魂王』ノーチェの名において、我汝《なんじ》を半身とす』

私も、自分がなんて言えばいいか、自然とわかった。

『我は神崎美鈴。『異世界の旅人』『黒の癒し手』『ヴァルナ・リィーン』『ニィル・ヴォールダ・リィーン』神崎美鈴の名において、我汝を半身とす』

身体の奥で、魔力がうねる。

魔力の奔流《ほんりゅう》が全身を巡り、隅々まで行き渡る。熱い血潮がたぎるようだ。

やがて、魔力の奔流が治まると、私の中に、確かな絆が生まれていることがわかった。

二人を祝福するかのように、宿木からきらきらと清廉《せいれん》な気が降り注ぐ。

「ノーチェ」

何をどう言っていいかわからなくって、とりあえず名前を呼んでみる。

ノーチェは静かに私を抱き寄せると、喜びに震える声で囁《ささや》いた。

「リィーン……美鈴。これでそなたはもう私のものだ」

「うん。ノーチェももう私のものだよ」

ノーチェはそっと私を抱き上げる。

そうして私は……魔王の半身となった。

第八章　恵み満ちる大地

翌朝、目覚めるとノーチェの胸の中だった。

ふと視界に入った白い絹の布地に、どきんと胸が鳴る。肌触りのいいそれを、私はしっかり握りしめていた。そして私の身体は、ノーチェの腕に包まれている。

……視線を感じる。すんごく。

視線を上げれば、ノーチェの紫の瞳が私を見つめているのがわかるはず。だけど……今はちょっと見れない。

ゆうべのあれやこれやを思い出すと、顔から火が出そうなほど恥ずかしい。

もし、人が羞恥《しゅうち》で死ぬことがあるのなら、昨日私は何度も死んだと思う。

現代日本には、ごく当たり前にそういう情報が巷《ちまた》に氾濫《はんらん》しまくっていた。奥手な私ですら、特に意識せずともその手の情報はいたるところで耳にする。つまり、まあ、けっこう耳年増なわけだよ。

だけど——知識と経験は全く別物。ノーチェの手に縋《すが》ることしかできなかったのだ。なんだか新しい扉をいっぱい開いてしまった。

私を囲い込む腕が、より一層強く私を抱きしめる。

頭の上に触れたのは、きっとノーチェの頬だろう。髪に顔を埋め、くつくつと笑っている。ぴったりと身体が合わさっているため、振動が私にも感じられる。

もうっ、だから低音を響かせないで。エ、エロい空気を醸《かも》し出さないで。

「おはよう、美鈴」

笑いを含む声に、甘さが滲《にじ》む。

目を合わそうとしない私に拗《す》ねてしまうかと心配したのだけれど、ノーチェは至極ご機嫌のようだ。きっと、私が恥ずかしがって顔を上げられないことに気付いている。

揺れる絹の寝衣の合わせ目から覗く肌に、またドギマギする。

目のやり場に困り、ノーチェを意識から締め出して、私は自分をごまかすようにステイタスを開いた。

半身の契約で、身体に魔力が満ちているのがわかる。何か変化があるかもしれないものね。

といっても、ミリーさんはガーヴさんと半身の契約を済ませても何も変わっていなかったから、私のステイタスも変わっているとは思えないのだけれど。

―リィーン・カンザック―
HP……999／999
MP……999／999
種族……ヒューマン
年齢……23
職種……第37代魔王妃、カンザック男爵家当主、魔術師
属性……【光】【闇】【火】【水】【地】【風】【無】
スキル……索敵《サーチ》・隠密《おんみつ》・マッピング・調合・隷属《れいぞく》契約解除
称号……『恵み満ちる大地の礎《いしずえ》を見守りし者』『ニィル・ヴォールダ・リィーン』『ヴァルナ・リィーン』『黒の癒《いや》し手』
状態……『魔王の加護』補正（全パラメータ×2）

職種が増えている。それに——

私はびっくりして起き上がり、ノーチェに告げる。

「ねえノーチェ。私の称号が変わっている」

今まであった『異世界の旅人』がなくなっていた。代わりに増えたのは『恵み満ちる大地の礎を見守りし者』。

そう告げると、ノーチェは「そうか」と頷いた。

そっと私を抱き上げ、ソファに移動して並んで座る。

「そなたはもう『旅人』ではないのだろう。私の半身となったことで、かの地の人の理《ことわり》から外れ、新たにこの地の者として『ガイアの箱庭』に受け入れられたのだ」

そうか。今までは旅人だったんだ。

遠い異世界から来た旅人。言うなればただのお客様。

だけど今は、魔王の半身となったことでこの地に迎え入れられ、私はガイアの箱庭に生きる者の一人となった。

「じゃあこれからは、ガイアの制約を受けるのかな？」

ガイアは「異世界人はこの地の制約を受けない」って言っていた。「異世界人の魔力がすごいのも、願ったことがそのまま具現化できるのもそういうことだ」って。

「そなたはガイアの生み出した命ではない。そなたの魔力は今も私を通さない」

そうか。じゃあ、ガイアの制約を受けて私の魔力が下がることはないんだね。

そういえばガイアは、子供は必ず母親である私の能力を引き継ぐとも言ってたな。つまり、私の子供はたとえこの世界の魔王との間に生まれた子でも、ガイアの創造物ではないということなのかな。

「じゃあ『恵み満ちる大地の礎《いしずえ》を見守りし者』は？」

そう聞くと、ノーチェは、実はな、と口を開いた。

「私も増えたのだ」

この地の者は自分のステイタスを見ることはできないけど、自分が称号を取得すればちゃんとわかるのだそうだ。

「そなたと半身の契約を結び、新たな称号『恵み満ちる大地の礎』を得た」

え？

ノーチェが『礎』で、私が『礎を見守りし者』？

「これはガイアの祝福だろう。私が大地の礎となり、美鈴はその私を傍で支える。さすれば私が王でいる限り、大地は恵みに満ちると。ガイアはそう言っているのだ」

あ……そういえば。

恵み満ちる大地――これって、あの曲の歌詞だ。

恵み　満ちる　大地

ひかり　翔《かけ》る　御空《みそら》
私は歌う　願いを込めて
私は想う　力の限り

この歌は……

主人公を健気《けなげ》に想い続けるヒロインの心。

遥《はる》かな太古より大地を見守り続ける、女神の心。

そうか――

私に馴染みのある、あの曲の歌詞を称号としたのは、ガイアなのね。

『紫魂を頼むよ』

ガイアの声が耳に蘇《よみがえ》る。

この称号は、ガイアから私へのメッセージだ。ガイアは私に〝そうあれかし〟と望んでいるのか。

主人公を傍で支え続けたヒロインのように。大地を見守り続けた女神のように。

くそっ、やられた。

すっかりガイアの思惑通りだ。

悔しくはある。だけど、幸せそうに微笑むノーチェを見ると、これからの永い時間を共に過ごす覚悟も芽生えた。

考え込む私を見て「どうしたのだ？」と問いかけるノーチェに、私はあの曲の歌詞なのだと説明する。

ノーチェには聞き取れない日本語の歌詞。私は一つ一つ説明してから、もう一度歌って聴かせる。

「その歌を、ガイアは称号としたのか……」

ノーチェもガイアのメッセージを正しく理解したようだ。

私達はしばらくガイアの想いを噛みしめるように黙った。

称号の衝撃から覚めると、自分の身体に巡る魔力の高さに改めて気付く。

魔力――ＭＰの値は９９９のままだ。だけど、魔力の質がすごく上がっている。おそらく数値に表わせない、いろんな能力も。

レベルアップなんて、そんな生易《なまやさ》しいもんじゃない。

まるで別の生き物に生まれ変わったかのような、湧き上がる魔力だ。

自分でもふつふつと、身体を巡る魔力を感じるもの。

ガーヴさんと半身の契約を済ませたミリーさんは、「魔力の増加については特に感じない」って言ってたけど、私は今、心底実感している。――めちゃくちゃ変わったぞ、と。

この世界では、ＭＰの高い者の寿命が長い。

ここからは私の想像なのだけれど、もしかしたら、〝ＭＰの高い者〟の寿命が長いのではなく、〝ＭＰ量と比例して上昇する生命力的な何か〟――私はそれを生命力（仮）と命名している――が高い者の寿命が長いのではないか。

で、半身の契約をした者は、ＭＰは現状のまま、生命力（仮）がその半身となった者と同程度まで上昇するのでは？

今、その想像が当たっている気がすごくしている。

だって、私のステイタス上には変化はないけど、魔力の滾《たぎ》りを感じるのだ。何某《なにがし》かの数値がかなり上昇しているに違いない。おそらくノーチェに匹敵するほどまで。

ミリーさんはＭＰ値四ケタから五ケタ、一〇倍の上昇。

それに比べ、私はもっと顕著《けんちょ》だ。だって三ケタから八ケタへの爆発的な上昇。そりゃあミリーさんとは体感が違ってあたりまえかも。

とにかく、身体が熱い。魔力が……力が、満ちている。

この身の内にふつふつと溢れるマグマのような、熱い塊を解き放ち、思うさま力を揮《ふる》ってみたい。

魔力とともに高まった生命力の許すまま、魔力を思いきり解放して操りたい。強い攻撃魔法を使いたい。

今まで歩けなかった者が歩けるようになり、次は走ってみたいと感じるような。ナイフを手に入れたからそれで何かを切り裂いてみたいと感じるような。そんな自然な心の動き。

めいっぱい力を行使したいと思う欲求が心の奥で疼《うず》いて、自分にもこういう気持ちがあったのかと、ある種新鮮な思いがする。

ひろがる。わたしがひろがる。

ひろげたい。力をうち振るいたい。ああ——

「力に囚われるな」

私の様子を見守っていたらしいノーチェが、そう穏やかに声をかけてくれなかったら、私は暴走していたかもしれない。

ノーチェの声にはっとして、今、自分が何をしようとしていたか気付く。

「ありがとう、ノーチェ」

お礼を言って、深々と息を吐いた。びーくーる。ビークールよ、美鈴。

「力を持つって……危険だね」

「危ういだろう？」

「うん。怖かった」

「その恐ろしさをわかっていればよい。己が力を自在に操れるようになれ」

「でも……」

力を解放するのは、怖い。そう思いつつ不安げに見上げると、ノーチェは私の髪を撫《な》でながら促《うなが》すように口を開く。

「ここは私の結界の中だ。存分に〝ひろげても〟構わぬ。危うくなれば私が止めよう。そなたが力を解き放っても、私が傍にある限り、何も傷つけたりはさせぬ」

ノーチェの言葉を受けて、私は魔力を解放した。

圧倒的な解放感だった。

腕が二本、足が二本、本来動かせる器官はそれだけなはずなのに、魔力の渦《うず》が、触手みたいにうごめく。髪の一本一本が波うち、ゆらゆらと舞う。

ノーチェが名を得たあの瞬間の爆発には到底及ばない。だけど、私の魔力は、錐《きり》のようにノーチェの結界を攻撃する。

ノーチェの結界はびくともしない。

私は安心して、もっと、もっと、もっとと〝ひろげる〟。

気持ちいい。

ずっと蹲《うずくま》っていた者が、立ち上がって伸びをするように。

身体を、神経を、魔力を、気を、わたしを、解放する。

私の魔力の解放は、力の奔流《ほんりゅう》となって渦《うず》巻き、触れるものを切り裂き、壊し尽くす。ノーチェの結界がこの部屋をしっかりと守っていてくれていなければ、この手触りのいいソファも豪奢《ごうしゃ》なテーブルも、広い寝台や天蓋《てんがい》の紗幕《しゃまく》も、みんな壊されてしまっただろう。

傍で寄り添ってくれる確かな存在が守ってくれている。だから私は安心して私のすべてを解放することができた。

◇　◇　◇　◇　◇

いつの間にか、私は原っぱにいた。体育座りで。

そして、目の前に座るプラチナブロンドの美少年が口を開いた。

「やあ。おめでとう、美鈴」

うん。知ってるよ。この人。

見た目はリリアムだけれど、中身は別人。ってか別神？

とりあえず――

「ふん！」

気合を込めて繰り出した私の渾身《こんしん》の右ストレートは、ぱしりと音を立てガイアの左手に軽く受け止められた。

ちくしょう。いっぱつ殴ってやりたかったのに。

「お久しぶりです。ガイア」

にっこりと笑顔を向ける。こんちくしょう、と心を込めて。

リリアムの顔をしたガイアも、やけにさわやかに微笑んだ。

それで？　なぜ私はまたガイアのもとにいるんでしょう？

確かノーチェの結界の中で、力を解放して……

「うん。君はまだ不安定なんだよ。いきなり能力値が上がってるからね。だから魔力の解放に耐えられなかったんじゃないかな。倒れちゃったから、ちょうどいい機会だし呼んでみたんだ」

いきなり魔力が上がった私は、今ものすごく不安定な状態らしい。

三ケタのヒューマンが、八ケタの魔王様と同程度まで能力を引き上げられたのだ。

身体に馴染むまで時間がかかるのも頷ける。

まあガイアがこうやってのんきに話しているんだから、さほど問題はないのかな。とりあえずノーチェが心配してなければいいけど。

それにガイアとは、私も話したかった。

「魔王の狂化は、絶対ですか？」

私が問えば、ガイアは肩を竦《すく》める。

少し悲しげに見えるのは、ガイアを信じたいという私の願望だろうか。

「紫魂の狂化は免《まぬが》れない。いずれ、あれは狂う。それはもう、決められたことだ」

「そんなの……」

私は憤慨《ふんがい》してガイアを睨《にら》みつける。

ガイアは小さな子供を見るような目をした。

「うん。そうだね。君は運命と戦うつもりなんだよね。だからね。僕も見てるよ。これからの君達のこと」

ああ、意識が遠ざかる。

待って、ガイア。

まだ話したい。

待って。

◇　◇　◇　◇　◇

はっと気付くと、ノーチェの部屋に戻っていた。

「美鈴」

不安げに私を抱きしめるノーチェが、ほっとしたように私の名を呟く。

「ノーチェ？」

ああ、戻ってきちゃった。まだ話したかったのに。

私がそう考えていると、ノーチェが「もう少し休むか？」と問いかけてきた。

どうやら私がガイアのもとにいたことは、ノーチェは気付いていないみたい。

「そなたの魔力はまだ不安定だ。身に馴染むまで、またこのように倒れることもある。あまり無理をしないでくれ」

「心配かけてごめん。今はもう大丈夫だから」

そう言えば、ファンテスマの王城で攫《さら》われたきり連絡もしていない。みんなが心配しているだろうし、そろそろファンテスマに戻らなきゃ。そう言うと、ノーチェが呆れ顔をした。

「〝戻る〟ではないだろう？　今日よりここがそなたの住処《すみか》だ」

そう言われて、ああそうか、私はもうノーチェの半身だったと思い出す。

とは言っても、こんな風にいきなり魔界に住むことになるのはちょっと嫌だな。

なんだか、周りに報告もせず家出して同棲を始めた不良娘の気分だ。ううう。シアンお母さんの怒る顔が目に浮かぶ。

ちゃんと報告をして、拠点を移すための準備をし、必要なところには挨拶を済ませ、みんなに祝われて魔界に送り出してもらいたい。

そう思っていたら、ノーチェに苦笑された。

何も、なし崩しにしようなどとは考えていないらしい。

もう、八公《はちこう》が各方位に通達に行ったのだそうだ。

〝『紫魂王』は『黒の癒《いや》し手』を半身と成《な》す〟、と。

私も一度ファンテスマに戻り、日を改めてノーチェが公式な形で迎えにきてくれる。

私は魔王の半身で、いずれ婚姻の儀が行われれば正妃となるけど、魔王の正妃には決まった政務はない。

「ファンテスマ王都にある屋敷も、コルテアにある屋敷もそのままにすればいい。そなたが望むのであれば、ファンテスマに通い、今までどおりヒューマン達を癒してやっても構わない。ただし、ファンテスマ王国の女男爵としてではなく、魔王の半身として動くのだ」

ノーチェはそう説明してくれた。

「とはいえ、ファンテスマの屋敷に行くのはもう少し先となる。そなたはまだ不安定なのだ」

そう言えば、ガイアもさっきそう言ってたっけ。

魔力に馴染むまでノーチェの傍でゆっくりしよう。

急激な能力値の上昇で、魔力の暴走と魔力酔いのような状態を交互に繰り返していた私は、ノーチェの結界から一歩も出ることなく数日を過ごした。

……いろいろなことが起きて、状況が様々に変わった。

それらを私が知ったのは、『半身の契約』から二週間ほどたってからだった。

その時には、すべてが――終わっていた。

ギューゼルバーン王都は物理的になくなった。

ノーチェの攻撃を受けたのだ。魔王からの警告を無視し、二度までも魔王の半身候補に手を出した、かの国に対して容赦はなかった。今度は王城だけでは済まず、王都すべてが灰燼《かいじん》と帰した。

今は、他の街や村に王都からの難民が押し寄せ、南の地は大変な騒ぎらしい。

魔界に真っ向から喧嘩《けんか》を売ってしまった王家を、ギューゼルバーンの貴族達も民達も見限った。

王家は崩壊、各地の領主がそれぞれ王を名乗り、事実上ギューゼルバーンという国がなくなってしまった。

東と同じように小さな国々が乱立する地となり、領土の取り合いで小競り合いが続いている。

ファンテスマはこれ以上領土を拡げても管理が行き届かなくなるため、ギューゼルバーンとの国境の警備を厳重にして、様子見に徹しているのだとか。

ヴィオラさんは、あのまま亡くなったそうだ。

ヴィオラさんがいったい何を思ってあんなことをしたのか、私を誘拐してあの後どうするつもりだったのか、彼女が亡くなってしまった以上、誰にもわからない。

たとえ私が死んだとしても、あれほど表立って行動したら、ノーチェの側室になれるはずがないのに。

「ヴィオラの考えは私にはわかりかねますが、リィーン様を亡き者として、自分も死ぬつもりだったのかもしれません」

姉である八公《はちこう》第四位のシェーラさんは、悲しげに話していた。

「我が妹のことはどうぞお気になさらぬよう。あれは禁忌《きんき》に触れた。本来なら兄として私が殺さねばならなかったのです。王の手にかかることができただけでも、あれにとって望外の幸せでありましょう」

同じく兄の宰相《さいしょう》グレニールさんも、そう話していた。

きっと思うところもあったはず。だけど、穏やかな口調にも、その涼やかな眼差《まなざ》しにも、私やノーチェに対する怒りは見られない。むしろ自分の身内が王の半身候補に危害を加えたことに、妹を諫《いさ》められなかった自分達に、自責の念を抱いているようだった。

身内の失態について、宰相と八公第四位という高位にある二人にも何某《なにがし》かの罰《ばつ》があるかもしれないと心配していた。けれど、ノーチェはただ「より一層の忠誠を」と言うだけに留め、彼らを許したらしい。彼らにまで累《るい》が及ばなくてよかったと、そっと胸を撫《な》で下ろした。

それにしても。魔族はヒューマンを卑しい種族だと考えている。魔王がそんな弱い種族を半身として、魔族達は嫌じゃないのだろうか？

「魔王の半身がヒューマンなのは、高位魔族の反発を招きませんか？」

私のその不安を八公《はちこう》達は否定した。

「何をおっしゃる。魔王の半身は唯一絶対。御身はもう我らが王の横に立つ唯一の御方。陛下の定めた半身に、誰が不満を言いましょうや」

私はもう半身候補じゃなくて、魔王の半身となった。

それは、この『ガイアの箱庭』の第二番目の地位に上ったということ。

ノーチェが魔王でいる間、私に危害を加える者はもう、いない。

思えば、私がぐだぐだと悩み、中途半端な立場のままファンテスマに留まっていたから、ヴィオラさんは側室になれると考えてしまった。同時に、ギューゼルバーンのサド王にも弱みを晒してしまった。

ギューゼルバーンという国がなくなったのも、ヴィオラさんが私に危害を加えたことも……半身の契約を延ばしていた私が招いたことだったのだ。これは私の――背負うべき〝罪〟。

私はそれを忘れちゃいけない。

といっても、いきなりこの世界に連れてこられた異世界の平凡な人間が、魔王の半身なんて重責に耐えられるだろうか。

ガイアの禁忌《きんき》があるため、『縁《えにし》の者』の存在を公《おおやけ》にはできない。だけど、次の王の時にもまたこんなことがあるかもしれない。

第二のヴィオラさんを出さないためにも、今回の教訓を生かさなければ。

私はその危険性を述べた。

「〝魔王がそのお傍にヒューマンを置く場合は、その者が男性であれ女性であれ、魔王に幸いをもたらす者。決してそれをないがしろにしてはならない〟と、しかと後世に伝えてまいりましょう」

宰相《さいしょう》グレニールさんの言葉に、八公達も深く頷いた。


二週間ぶりにファンテスマに戻った私を、レオン殿下やヴァンさん達は温かく迎えてくれた。

「我らファンテスマの希望の光、魔王妃ヴァルナ・リィーンに永劫《えいごう》の忠誠を」

跪《ひざまず》くレオン殿下がそう述べると、皆が深く頭を下げる。

レオン殿下が私に跪いたことに驚いたけど、魔王の半身なんだから仕方ないかと自分を納得させる。ああ、また彼らとの関係が変わってしまった。

それは少し寂しかったものの、殿下の後ろで跪くシアンさんが「お説教はしないけど、お母さんほんとに心配しましたよ」という目で私を見上げている事に気付く。

関係が変わっても、彼らの心には私への変わらぬ愛情があるんだと、心が温かくなった。


――魔界。

八芒星に守られし、大地の源《みなもと》。

峻烈《しゅんれつ》な山の頂《いただき》にある、魔王の城『魔城』。

その謁見《えっけん》の間に、たくさんの魔族が集まっている。

ガーヴさんも、ミリーさんもいる。他の八公《はちこう》達も。今まで見たことのない、角のある魔族や、トカゲのような青く輝く鱗《うろこ》を持つ魔族も。

皆が、喜びに溢れる瞳で玉座を見上げている。

跪《ひざまず》いた数多の魔族が耳を澄《す》まし、その言葉を待つ。

己が王の、この地の至高の、その言葉を。

「我は紫魂。我は至高。第三七の王。今日この善き日に、我、紫魂は半身を得たことをここに宣言する」

すべての者がひれ伏す。

私の寿命は実質不老不死となった。

――ノーチェの狂化の、その日まで。

愛する半身の狂化。

永い永い先の話だけれど、いつか必ず迎えることになるその日を、私はきっと怯《おび》えながら待つのだろう。

だけど、私は負けない。

最期まであがいてみよう。

恵み　満ちる　大地

ひかり　翔《かけ》る　御空《みそら》

私は歌う　願いを込めて
私は想う　力の限り

そう。
私は魔王の半身。
これからも、きっと――

私はここで生きていく。

RC Regina COMICS
大人気小説続々コミカライズ!!
レジーナCOMICS大好評連載中!!
異世界でカフェを開店しました。
漫画：野口芽衣 原作：甘沢林檎
異世界で『黒の癒し手』って呼ばれています
漫画：村上ゆいち 原作：ふじま美耶
漫画：不二原理夏 原作：月雪はな
えっ？平凡ですよ??
漫画：加藤絵理子 原作：くるひなた
天井裏からどうぞよろしく
漫画：渡辺うな 原作：富樫聖夜
勇者様にいきなり求婚されたのですが
漫画：文月路亜 原作：夏目みや
総指揮官と私の事情
漫画：船津早稲 原作：奈月葵
転生者はチートを望まない
漫画：木虎こん 原作：草野瀬津璃
赤ちゃん竜のお世話係に任命されました
アルファポリスで読める選りすぐりのWebコミック！
無料で読み放題！
今すぐアクセス！
アルファポリス 漫画
検索

ふじま美耶（ふじまみや）
兵庫県在住。2012年よりwebにて小説を発表。2013年「異世界で『黒の癒し手』って呼ばれています」で出版デビューに至る。

イラスト：飴シロ

異世界《いせかい》で『黒《くろ》の癒《いや》し手《て》』って呼《よ》ばれています 5

ふじま美耶（ふじまみや）

2015年　11月 8日初版発行

編集－反田理美・羽藤瞳
編集長－塙綾子
発行者－梶本雄介
発行所－株式会社アルファポリス
〒150-6005 東京都渋谷区恵比寿4-20-3 恵比寿ｶﾞｰﾃﾞﾝﾌﾟﾚｲｽﾀﾜｰ5F
TEL 03-6277-1601（営業） 03-6277-1602（編集）
URL http://www.alphapolis.co.jp/
発売元－株式会社星雲社
〒112-0012東京都文京区大塚3-21-10
TEL 03-3947-1021
装丁・本文イラスト－飴シロ
装丁デザイン－ansyyqdesign
印刷－中央精版印刷株式会社

価格はカバーに表示されてあります。
落丁乱丁の場合はアルファポリスまでご連絡ください。
送料は小社負担でお取り替えします。

ISBN978-4-434-21214-7 C0093